福江充

立山地獄谷のあだ討ち

十返舎一九『越中栖山幽霊邑讐討』を読む

法藏館

立山地獄谷のあだ討ち——十返舎一九『越中楯山幽霊邑讐討』を読む——＊目次

【第三回：遺恨のはる雨（一〇丁裏～一七丁表）】

【第四回：恩愛の真の宿（一七丁裏～二一丁表）】

【第五回：幽霊の雪の日（二一丁裏～二五丁表）】

立山地獄谷のあだ討ち

——十返舎一九『越中楯山幽霊邑讐討』を読む——

はしがき

富山県（越中国）の東部に日本三霊山のひとつである立山が聳え、北アルプスの一角を形成している。山頂に雄山神社峰本社が建つ雄山をはじめ、大汝山や剱岳など三〇〇〇メートル級の高山からなり、さらに山中の地獄谷は、平安時代には、『大日本国法華経験記』や『今昔物語集』の立山地獄説話が物語るように、山中地獄の存在が人々に広く知られており、以後、悪行の報いで責め苦を受ける山、あるいは死者に会える山として、多くの人々の信仰を集めた。

さて、本書は江戸時代後期の人気作家（脚本家・小説家）十返舎一九（一七六五〜一八三一）が、この立山を題材にして文化五年（一八〇八）に執筆・刊行した小説『越中楯山幽霊邑讐討』を意訳・翻刻・解説したものである。

その内容は一九自身が同書の巻頭に記すように、当時江戸で流行していた讐討ち小説を強く意識したうえで、そのなかに若い男女の恋愛、婚前妊娠、駆け落ち、中年男性のストーカー行為が発端となった殺人、死者の幽魂と怪異譚、さらには一九が友人の唐来参和（戯作者、狂歌師。号は三和とも表記される）から教わった立山幽霊村の話など、いくつかのモチーフを織り交ぜて書き上げた大衆娯楽小説といったものであった。一九の作家活動を語るうえでは、これまでほとんど扱われることがなかった同書は大きな意味を持つと考えられるので、以下、まずは意訳のかたちで紹介していきたい。

第一章　意訳

一　『越中楯山幽霊邑讐討』の登場人物

『越中楯山幽霊邑讐討』の内容を意訳するにあたって、以下、登場人物を挙げておきたい。

●ほうじゅいんげんかいほういん（現在は越後国長浜に在住。もとは越中国立山の修験者、年齢は五〇歳から六〇歳の間）。「ほうじゅいんげんかいほういん」→以下「宝珠院げんかい法印」「けんかい」「げんかい」「げんかい法印」。

●宝珠院げんかいの妻（すでに死去）。

●おみす（げんかいの娘、一六歳）。

●しらふじ権藤太（浪人者。東国赤松の宿に在住、年齢は三二、三歳）。「しらふじ権藤太」→以下「白藤権藤太」「権藤太」。

●牧の助（げんかいの家の奉公人、一七歳。和泉村の百姓・彦六の次男）。

●ひこ六（和泉村の百姓。長男に彦十、次男に牧の助がいる）。「ひこ六」→以下「彦六」。

●彦六の妻。

●まき三郎（おみすと牧の助の息子）。「まき三郎」→以下「牧三郎」。

●ひこ十（家出している。悪行を重ねながら越後国を遍歴し、現在は仮に六部の姿になり北国街道を往還している。最近は立山界隈で活動している）。「ひこ十」→以下「彦十」。

●げんかい法印の二人の召使（げんかいの立山参詣に同行）。

●悪者ども（白藤権藤太に雇われる）。

●糸魚川山中の里人（殺されたげんかいを懇ろに葬り、石積みの供養塔を立てる）。

●糸魚川山中の茶店の若衆（牧の助の亡霊）。

●糸魚川山中の茶店の法師（げんかい法印の亡霊）。

●ぢぞうの石へもん（もともとは、ごまのはい（旅の道中、旅人を装い他人の物をかすめとる盗人）。法師の格好をして、立山山中に茅葺き家を設け、地蔵堂建立を建前に勧進活動を行う。自宅の近くには幽霊村が存在する）。「ぢぞうの石へもん」→以下「地蔵の石右衛門」。

●幽霊村の人々（悪者仲間が寄り合って住む。自分の妻子・親・兄弟などを残らず幽霊に変装させ、参詣人を騙して生計を立てている村の人々）。

●越後国長浜の目代。

二　『越中楯山幽霊邑讐討』の内容（意訳）

※第一回から第六回の各回における細目の表題は筆者が付けたものである。

【第一回：色情の花ざかり（二丁裏〜六丁表）】

1　おみすに執着する白藤権藤太

昔々、越後国長浜という所に、宝珠院げんかい法印という者が住んでいた。もとは隣国の越中国立山で修験者として修行していたが、少し差し障りがあって立山を離れ、知人を頼って妻子とともに長浜に移住した。妻はすでに亡くなってしまったが、娘のおみすは一六歳になっていた。おみすは器量が良く心根も優しかったので、彼女を好きにならない者はいなかった。

さてその頃、東国赤松宿に白藤権藤太と称する浪人者がいた。彼は独身で多少の金を蓄えており、それを元手に人に金を貸して利益を得、安楽に暮らしていた。

権藤太とげんかいは親しい間柄で、時折、権藤太はげんかいの家へ碁などを打ちにきていた。そのうち権藤太はおみすのあまりの美しさに恋い焦がれるようになり、人目を忍んでおみすを口説くが、おみすは権藤太をまったく相手にしなかった。

しかし権藤太は何としてもおみすを手に入れようと企み、げんかいが貧窮していることに目を

つけて、親切なふりをしては度々げんかいにお金を貸し付けるようになった。

「これは名手を打たれ田圃の雛草じゃ」。

「よいきみ、よいきみ」。

「おみすぼう、どうだい」。

「お父さん、鬼花ができました。私の好みじゃない権藤太さんに差し上げるつもりはないですよ」。

2　愛し合うおみすと牧の助

ところが、げんかいの家では牧の助という若者が幼少の頃から奉公人として働いていた。彼は今年で一七歳であった。

彼の親は近在の和泉村の貧しい百姓であった。牧の助は生まれつき艶やかで心根も優しかった。おみすと牧の助は互いに惹かれ、いつしか二人は愛し合うようになった。忍び逢っているうちに

おみすが身籠もり、二人はたいへん心を痛め、思いつめていた。

げんかいはこれに気づき、二人が心中してしまわないかと、心配しながら暮らすことになる。

「私は、どうにもこうにも心が苦しくてなりません」。

「何かよい考えが浮かびそうなものだが」。

3　おみすへの執着が深まる権藤太

権藤太も、おみすと牧の助が恋仲にあることに気づき、心中ではたいへん焦り、こうなったらおみすを絶対に手に入れようと策略を練った。表向きはげんかいにおみすを所望するかたちだが、その実、おみすを借金の形として差し出させようというものであった。権藤太はげんかいにしきりと借金の返済を催促するようになり、げんかいは困惑した。

権藤太はげんかいの借金につけ込みおみすを所望するが、げんかいはそれを断った。そして、権藤太の借金返済の催促を避けて上手く潜り抜けながら、その場凌ぎで返答を引き延ばした。

「ええい、けちくさい。いまいましいやつらだ。今に痛い目に遭わせてやる」。

4　おみすと牧の助の駆け落ち

おみすと牧の助は、権藤太の企みを聞いて心を痛め、二人の行く末を心配した。もし、身籠もっているおみすの権藤太への嫁入りが決まれば万事休すである。

二人は話し合い、とにかくこのままここにいては添い遂げることができないと思い、若気の至りもあり、後先も考えず夜に紛れて駆け落ちしてしまった。

「どうにもこうにも胸がドキドキしてなりません」。

「さぞ、だんな様は、お腹立ちであろう。申し訳ないことだ」。

駆け落ちする二人に二匹の犬が吠えた。

「わん、わん、わん。おいらを置いて、男を誘って出て行くんだな。畜生め。わん、わん、わん」。

「お前の胸より俺がドキドキして気分が悪くなってきた。お前の思いを吠えてやろう。わん、わん、わん、お椀のわんとな」。

それから二人は、牧の助の実家がある和泉村に向かった。

和泉村で百姓をしている彦六は、牧の助の父である。息子が奉公先の主人の娘であるおみすを連れて駆け落ちしてきたことに激怒し、あれこれ道理を説いてたしなめた。

　彦六がおみすを親元に返すと言うと、おみすは大いに嘆き、このままここに居させてくれるよう懇願した。そして、もしどうしても親元に返すということならば、この世にはもう生き甲斐がないので死ぬしかないと言って、涙ながらに頼み続けた。

5 おみすを捜す権藤太

権藤太はげんかいを言いくるめたと思っていたが、おみすと牧の助が駆け落ちしたので落胆した。しかし、諦めきれない権藤太は二人の行方を探し、絶対におみすを手に入れようと思った。

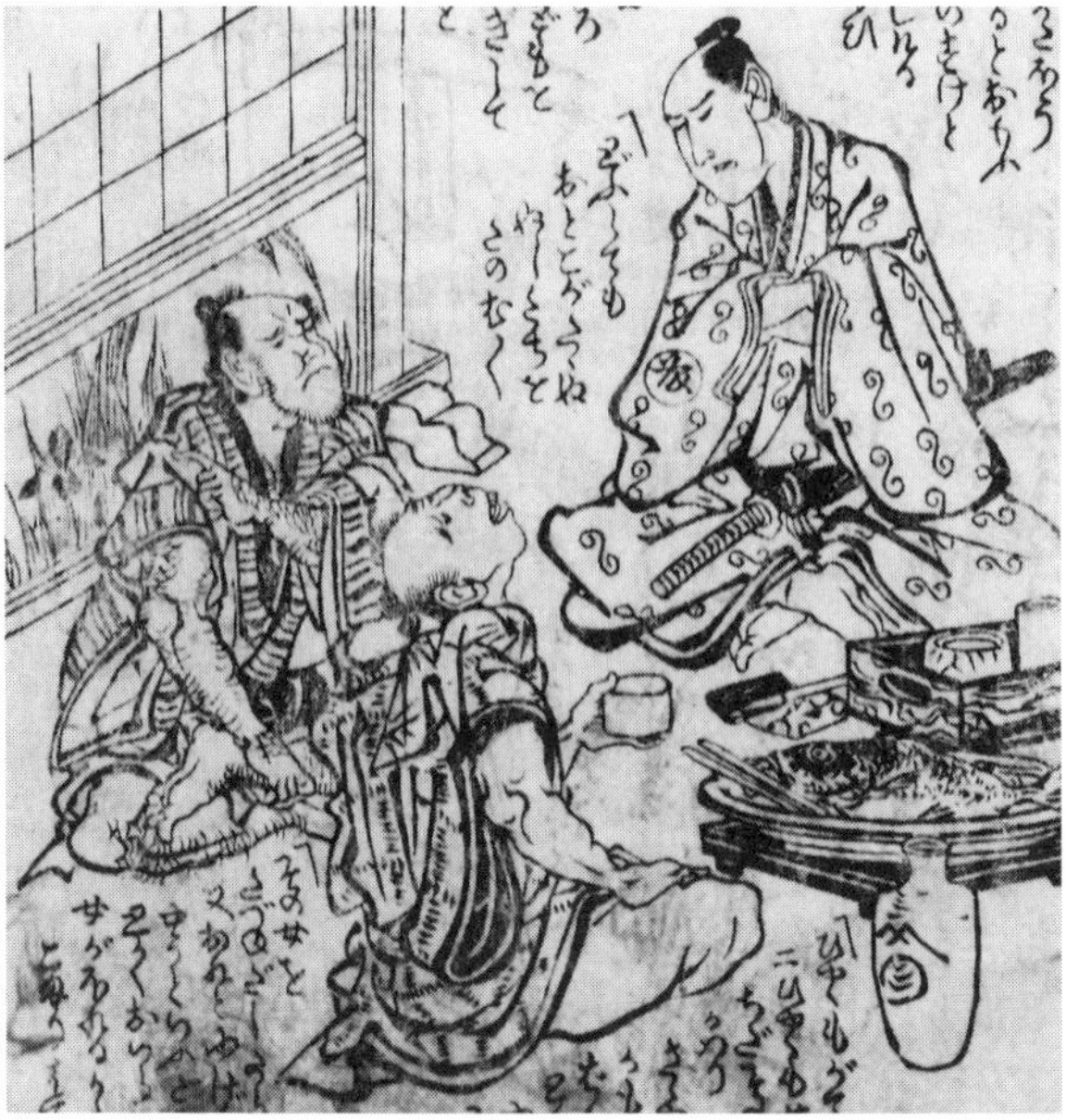

そこでさまざまに思案したあげく、日頃親しくしている悪者どもを集め、こっそりと相談して、もしおみすと牧の助の居所を聞き出せた者には相応の謝礼をすることを約束した。

「このままでは、どうしても男としてのメンツが立たない。お前たち、頼んだぞ」。

「百もガッテン二百も承知だ。その代わり、笹屋の鴨南蛮を取り寄せてくれないかな」。

「その女を尋ね出したら、また俺と逃げようと言うだろう。何やかやと俺には女が惚れるから困り果てる」。

【第二回：暴悪のおぼろ夜（六丁裏～一〇丁表）】

1　おみすの出産

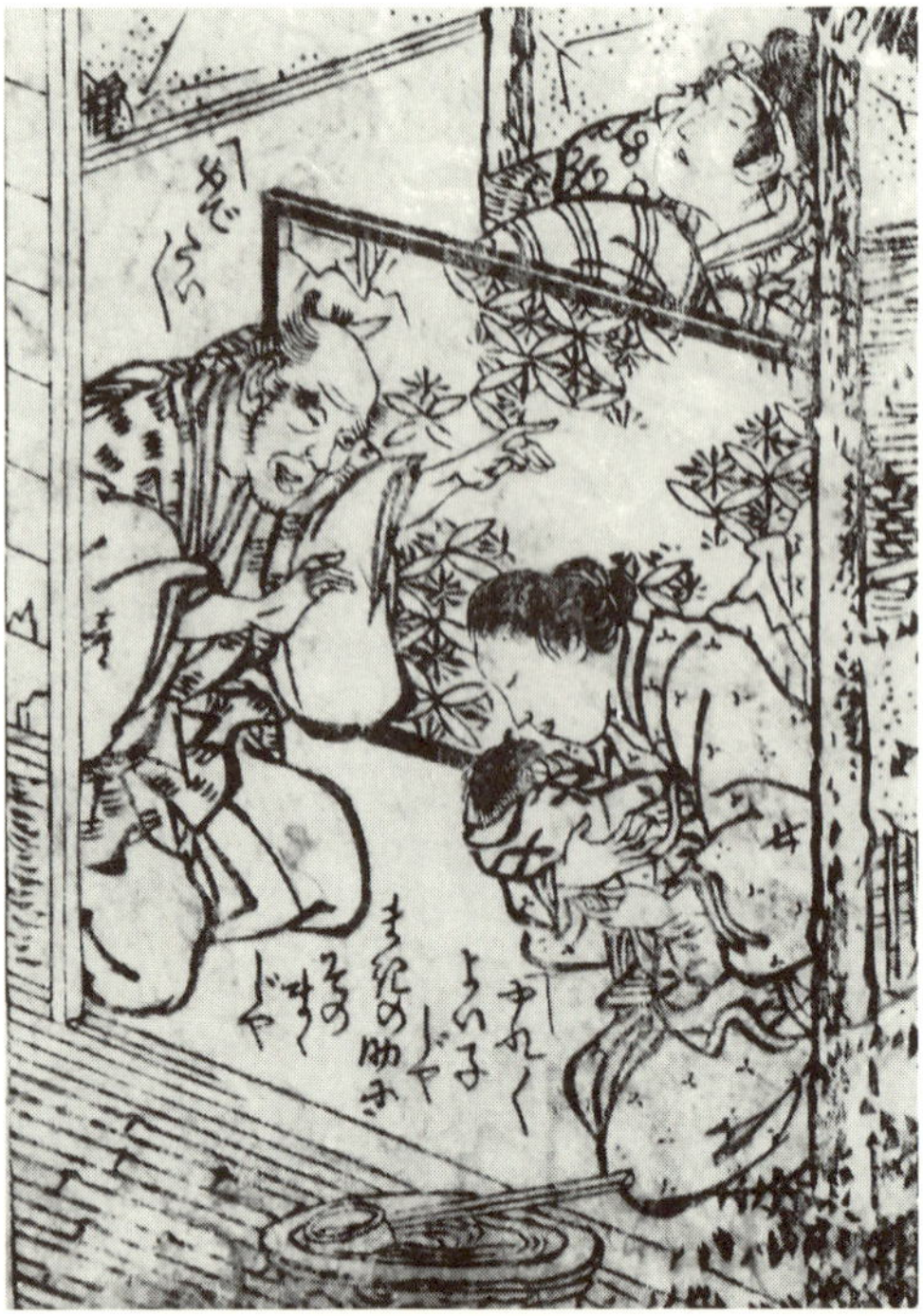

彦六はおみすの嘆きを聞いて情にほだされ、二人を匿うことにした。一方で、げんかいにもこっそり知らせておいた。げんかいも娘を不憫に思い、今連れ戻せば若気の至りで自害するかもしれないと感じた。そこで、げんかいは彦六に、しばらくの間、おみすの世話をしてくれるように依頼し、内々に費用を預けておいた。

おみすが身籠もって十月となり産気づいたので、彦六はげんかいに密かに知らせた。

「うれしや、安産らしい」。

げんかいにも恩愛の情があり、日が落ちた時分に彦六宅へ訪ねて行くと、早くもおみすは牧の助にそっくりな玉のような男子を易々と産み落としていた。

「やれやれ、よい子じゃ。牧の助にそっくりじゃ」。

「たしかにそうだ。よしよし」。

「めでたい、めでたい」。

2 権藤太の牧の助殺害

げんかいはおみすの安産に安堵し、すぐに帰宅することにしたが、夜も更けたので、夜道は心もとなかろうと、彦六と牧の助の二人はげんかいを送ることにした。すると途中でにわか雨が降り出した。三人は夕暮れの薄暗い中を進んでいった。

ちょうどその頃、権藤太も外出先からの帰りがけに柳瀬川の辺りで雨に遭い、大木の陰に雨宿りを

していた。すると、げんかいが二人の者に伴われ帰って行くのが見えた。提灯を持って先頭を歩く者を見れば、なんとそれは牧の助だった。権藤太は恋敵への激しい憎悪に堪えきれず、また酒に酔っていたこともあり、刀を引き抜くと牧の助に斬りかかった。

　思いもよらないことだったので、牧の助はなすすべもなく肩先よりしたたかに斬りつけられ、「あっ」と言って柳瀬川に倒れ落ち、流されて行方がわからなくなった。

「どうもこうも、悲しくてしかたがない」。

そして、げんかいが驚いて曲者の方を見ると、顔を頬被りで隠しているが、まさしくその男は権藤太であることがわかった。と同時に自分の身も危ないと思い、声を上げて人を呼び、叫びながら逃げ出した。

彦六も慌てふためき、ただ「人殺し」とわめき散らし、右往左往していたが、ちょうどその時、四、五人の一行が通りかかり、「どうしたんだ」と駆け寄ってきた。

権藤太は見つけられては一大事と、一行の間をかいくぐって逃げ帰った。

「おのれ、小僧のくせに大それたことをしやがって。思い知ったか。思い知ったか。南無妙法蓮陀仏」。

3 彦六と火の玉

思いがけず牧の助が斬り殺されてしまい、彦六は大いに悔やんだが、犯人も逃げてしまっては致し方なく、まずはげんかいを長浜に送り届けた。

彦六が一人でとぼとぼと自宅に戻る道すがら考えたのは、もしおみすに、牧の助が斬り殺されたことをあからさまに語れば、産後の肥立ちに悪い影響を及ぼして死んでしまうかもしれないということである。そこで、彦六は帰宅しても牧の助が斬り殺されたことを隠すことにした。そして、どのようにおみすをご

まかそうかと、その方法だけを考えながら、もとの柳瀬川にさしかかった。

彦六が柳瀬川の板橋を渡って行くと、彼が進む方向の二、三間先を火の玉がころころと転がって行く。彦六は驚き、立ち止まってそれを見た。おそらく狐か狸が自分が嘆き悲しんでいるのにつけこみ、火の玉に化けてたぶらかそうとしているのだと思った。だから気持ちを強く持たねばいけないと、弱みを見せないように、平静を装って歩いて行った。すると、火の玉も同じ道を先になって転がって行った。それはとても不思議な光景であった。

【第三回：遺恨のはる雨（一〇丁裏〜一七丁表）】

1　牧の助の幽魂とおみす

彦六は火の玉が狐か狸の仕業だと思い、油断せずに進んで行った。やがて自宅の門先まで来ると突然、火の玉が彦六より先に家の中へ飛び込んで行った。驚いた彦六は、急いで家の中に入った。すると妻が迎えてくれ、今しがた牧の助が戻ってきたことを伝え、そして、どうして彦六が牧の助より遅れて戻ってきたのかを尋ねた。彦六はますます訝しく思い、牧の助が帰ってきたとはとても信じられず、辺りを見れば、家の奥の方から、おみすと牧の助の話し声がした。さてはあの火の玉は牧の助の執念であったかと覚り、彦六は思わず涙にかきくれ、顔を覆った。

「早く開けてくれ。腹が減った。腹が減った」。

彦六が奥の間の様子を覗き見ると、牧の助の姿が見え、その表情や格好は何ともいえず痛ましく、おみすと話す声も悲しげで涙ぐんでいる様子であり、とてもこの世の人とは思われなかった。やはり、牧の助は非業の死で浮かばれず、あとに残した妻子に執着の念が残って、ここにやってきたのであろう。なんとも不憫な有様だと思い、心の中で念仏を称え、両目をぬぐったが、赤くなった目からは涙が止まらなかった。

「何はともあれ産後の養生を大事にして、早く元気になるがよい。そしてわが子には絶えず灸を据えてやってほしい。とにかくそのことが心配だ。何も知らずにかわいそう、かわいそうに」。

「よく戻ってくださいました」。

彦六があまりにもたまりかねて、涙ながらに牧の助の側に駆け寄ると、そのまま姿は消え失せた。おみすは驚いて、どうして、今まで夫の姿があったのに、どこに行かれたのか、不思議なことだとうろたえ、おろおろした。彦六は伝えたくなかったが隠しきれず、おみすに牧の助が柳瀬

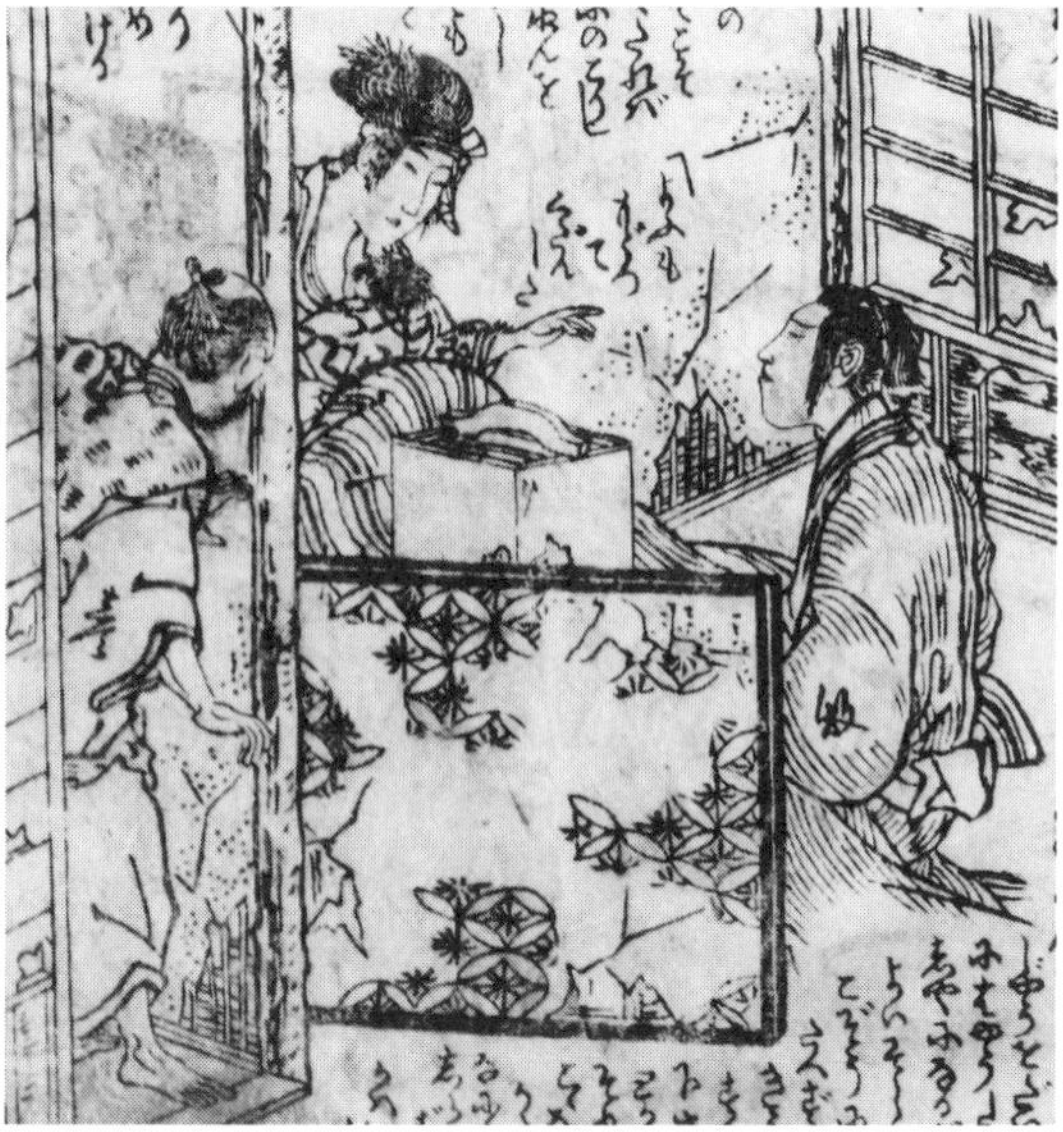

川で狼藉者に斬り殺された次第を語った。
それを聞くと、おみすは、「はへ」とばかりに声を上げて泣き悲しみ、狂気のごとくあちらこちらへ身を投げ伏して息も絶え絶えであった。ただならぬ様子に彦六の妻も台所より駆け出してきて、事の次第を聞くと、ともに悲しみを堪えることができなかった。
「これほど悲しいことはない。いっそ、死んだほうがましだ」。
「道理で夕べの夢見が気にかかったわけだ。かわいそうに、その子は父知らずになってしまった」。

2　牧の助を失ったおみすと彦六夫婦

彦六夫婦には二人の息子がいた。兄は彦十といい、成長するにつれ気が荒くなった。さまざまな悪事を働き、大酒を飲み、喧嘩や言い争いに明け暮れ、あげくの果てに家を出て、今は行方知れずであった。弟の牧の助は、げんかい方へ奉公に出し、本人も気に入って実直に勤めていた。それゆえ、彦六夫婦は牧の助だけを老後の頼りに辛く苦しい仕事をしながら暮らしてきた。

しかし、牧の助が思いがけず非業の最期を遂げ、彦六夫婦はまさに両手をもぎ取られたような心地がして、声の限りに泣き叫んだ。

おみすはといえば、夫を失った悲しみに堪えかねて死を決意している様子だったので、彦六はあの手この手で諭した。彦六は、「どうかこの後は牧の

助の追善供養だと思って、残された坊やを大人になるまで立派に育て上げ、父の敵を討ち取らせて、その無念の妄執をはらして欲しい、それが何にも勝って供養になるだろう」と、涙ながらに言い含めた。

「牧の助が帰らないことをくよくよ思って病気になってはいけない。とにかく坊やをかたみと思って、早く連れ立って寺参りでもするがよかろう」。

「もう泣くな。泣くな。そう言っている俺が、やっぱり涙がとまらない」。

3　権藤太のげんかい殺害計画

一方、権藤太は成り行きに任せて牧の助を殺したが、そのとき、げんかいに顔を見られた様子なので、犯人が自分であると気づいたに違いないと思った。そうであれば後日の妨げにもなり、このうえはげんかいも殺してしまおうと思った。牧の助がとりわけ、げんかいの不興をかってい

る様子もなかったので、げんかいと牧の助はどうやらぐるになって、おみすを逃がしたと考えられる。いずれにしても彼らに対する遺恨の念は押さえきれず、殺してしまいたいのだ。

そこで思い浮かんだのは、毎年げんかいが赴く立山参詣の道中で彼を殺害する計画である。すでにこの時期、げんかいは準備を整えたうえ立山へ出発している。権藤太は絶好の機会だと思い、急いでげんかいの後を追った。

権藤太は道すがら雲助ども

に金子を与え、今このような者が立山参詣を行っているが、この者の帰り来るのをここで待ち受け、殺してくれるように依頼した。もし雲助たちの手に余れば自分が駆けつけて斬り殺し、決して雲助たちに失敗はさせないと言う。

「当座の手付け金は、軽くみてもこのくらいである。首尾良く達成したときはしっかり褒美を出そう。「なににもやらぬ」が聞いて呆れる。いや、これは洒落であるが」。

4　権藤太のげんかい殺害

げんかいは毎年立山参詣を行っている。今年もその時節が来たので、供の者を二人召し連れ、立山参詣に赴いた。参詣を終えての帰り道、糸魚川ととふみ（田海か）の間の山中で、悪者どもが大勢でげんかい一行に喧嘩を仕掛けてきた。悪者どもが供の者どもを打ち叩いて追い散らし、

げんかいを捕まえて脇道に引き込むと、そこに権藤太が現れた。

権藤太は、「恋敵の牧の助を殺害したときに、おまえに自分の顔を見られてしまった。そのことが後日の妨げになると思い、おまえを殺害する目的であとを追い、ここで待ち受けていた。娘おみすの居場所を白状してくたばれ」と罵った。これを聞いたげんかいは腹に据えかねて、「まことにおまえは極悪人だ。自分には罪がなく遺恨を受ける覚えもないのにそこにつけ込まれたのは本当に災難であり、どうしようもない。死を逸れない

命ならば、自分一人で死ぬつもりはない。おまえを道連れにしてやる」と、刀を抜いて討ってかかった。権藤太は思うつぼだと応戦した。悪者どもは前後左右からげんかいを討ち悩まし、権藤太はそれに乗じて難なくげんかいを斬り殺した。

5 彦六と茶店の法師・若衆

彦六は牧の助の横死に力を落とし、悲嘆のあまり出家や遁世も考えたが、人々からなだめられて思い止まった。そして、せめて牧の助の菩提のためにと、かねて信仰していた立山に参詣することにし、おみす親子を妻に任せておいて一人で旅立った。

糸魚川の山中で黄昏時となり、草鞋の紐が切れたとき、茶店のような一軒家があったので立ち寄った。そこで草鞋を履き替えていると、家の中から年の頃一七ほどの若者が茶を酌んで出てきた。その面体や格好が牧の助によく似ていたため、彦六は不思議に思いながら見とれていた。す

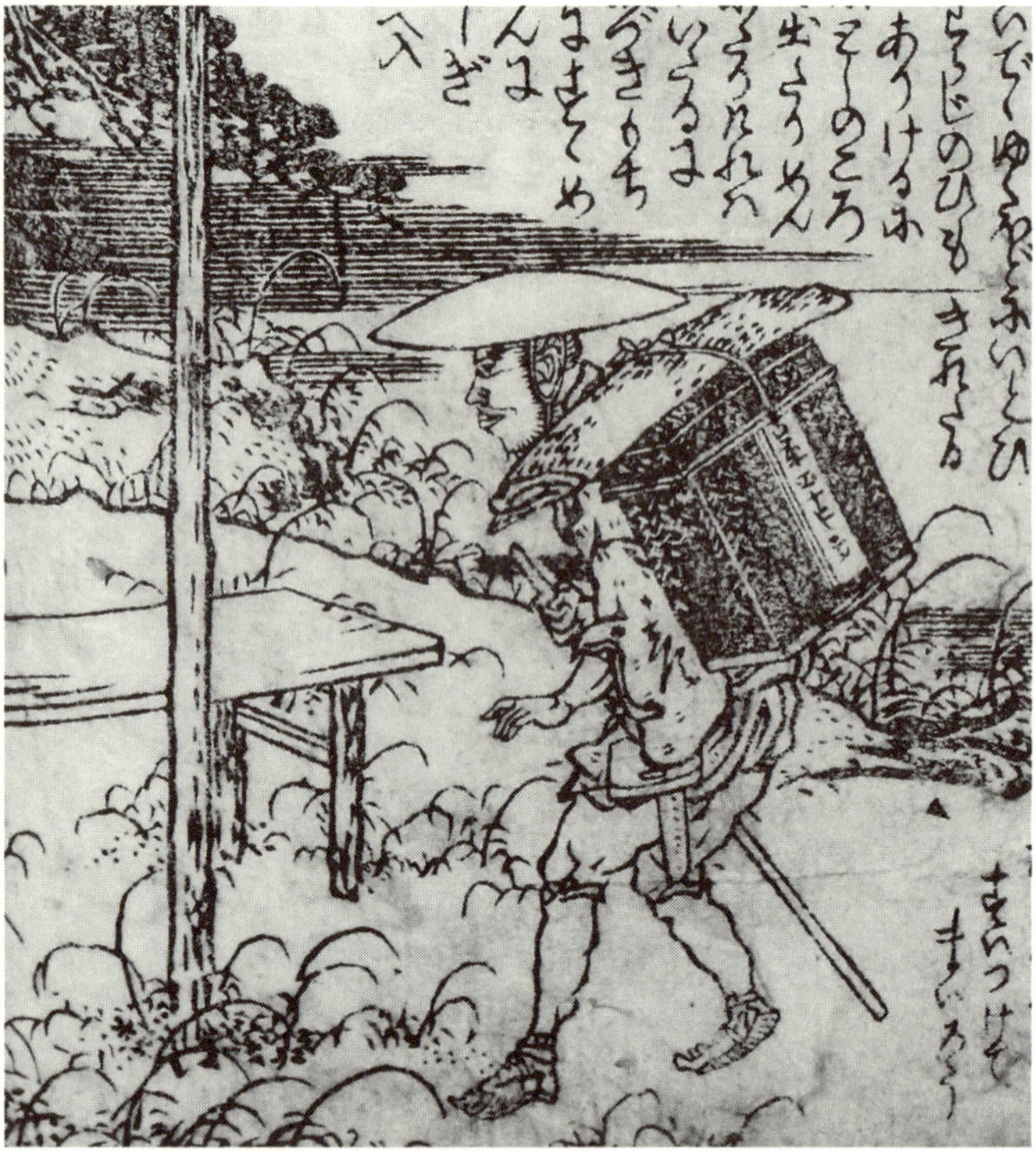

ると今度は家の奥より五〇歳くらいの法師が小豆餅を盆に乗せて出てきて彦六に勧めた。この法師がまたげんかいによく似ていたため、彦六はいよいよ不思議に思った。二人は奥に入り、そのまま一向に出てこなかった。

　彦六は期待外れでがっかりしながらここを立ち去り、急いで麓へ下って行った。

「やれやれ麓へはもう少しだ。一服していこう」。

　彦六は歩きながら先ほどのことを思い返していた。あの茶店の法師と若者はともにげんかいと牧の助に少しも違わずよく似ていた。あまりのことに、不思議な思いで見とれてしまい、家

の奥に入ってみたが、再び二人が姿を見せることはなかった。しばらく待ってはみたものの家の中に一向に人気がなかったので、しかたなく、心残りではあったがその場所を立ち去ってきた。道を行きながら、はたと彦六は思い出した。そう言えば、立山に参詣する人は亡くなった人に遇うことがあると聞く。さては若者は牧の助の幽魂だったのだろうか。それにしても、げんかいはこの世にいるはずなのに牧の助とともに姿を現したことには合点がいかない。
彦六はげんかいが殺されたこ

とを知らないのだから、この一件を不審に思うのは道理である。

6　げんかいの死を知る彦六とおみす

それから彦六は立山へ参詣し、牧の助の痕跡を探しながら帰り道にまた糸魚川の山中で、先日立ち寄った茶店を訪ねようとしたが、一向に見つからなかった。その辺りにはまったく家がなかった。彦六は不思議に思いよくよく考えてみた。そして、たしか松の大木がある所だったはずだとそこを訪ねると、やはり一本の松の大木があった。しかし家はなく、旁に石積みの塔が立てられ樒の花が挿してあった。

里人に遇ってそのいわれを聞くと、これは先頃、六〇歳ぐらいの修験者がここで何者かに斬り殺され、地元の者たちがそのことをいたわしく思って遺骸をここに埋め、標として塚を造営したのだという。彦六はその修験者の顔かたちや体格を聞き、げんかいに違いないと大いに驚いた。

さては先に自分がこの場所で対面した両人は、まさしくげんかいと牧の助の亡魂であろう。げんかいはここで殺されたわけだが、牧の助との往時の縁が尽きず、今も牧の助がげんかいに従っている様子を目の当たりにした思いである。不思議なことだと念仏を称え、回向して、それより急いで和泉村に帰った。

彦六は帰宅して、このことをおみすに語った。するとおみすはまたまた涙にくれ、「さてさて、ただでさえ夫の横死で悲しんでいるのに、父までもが非業の死を遂げるとは、いったいこれはどういうことであろうか。いかなる前世の報いであろうか。親に離れ夫に別れ、何を楽しみにして生きていけばよいのか。生き甲斐のない命であるが、幼い息子がいるので死ぬにも死なれず、よくよく因果な身であることよ」と泣き叫び、伏し沈んでいた。

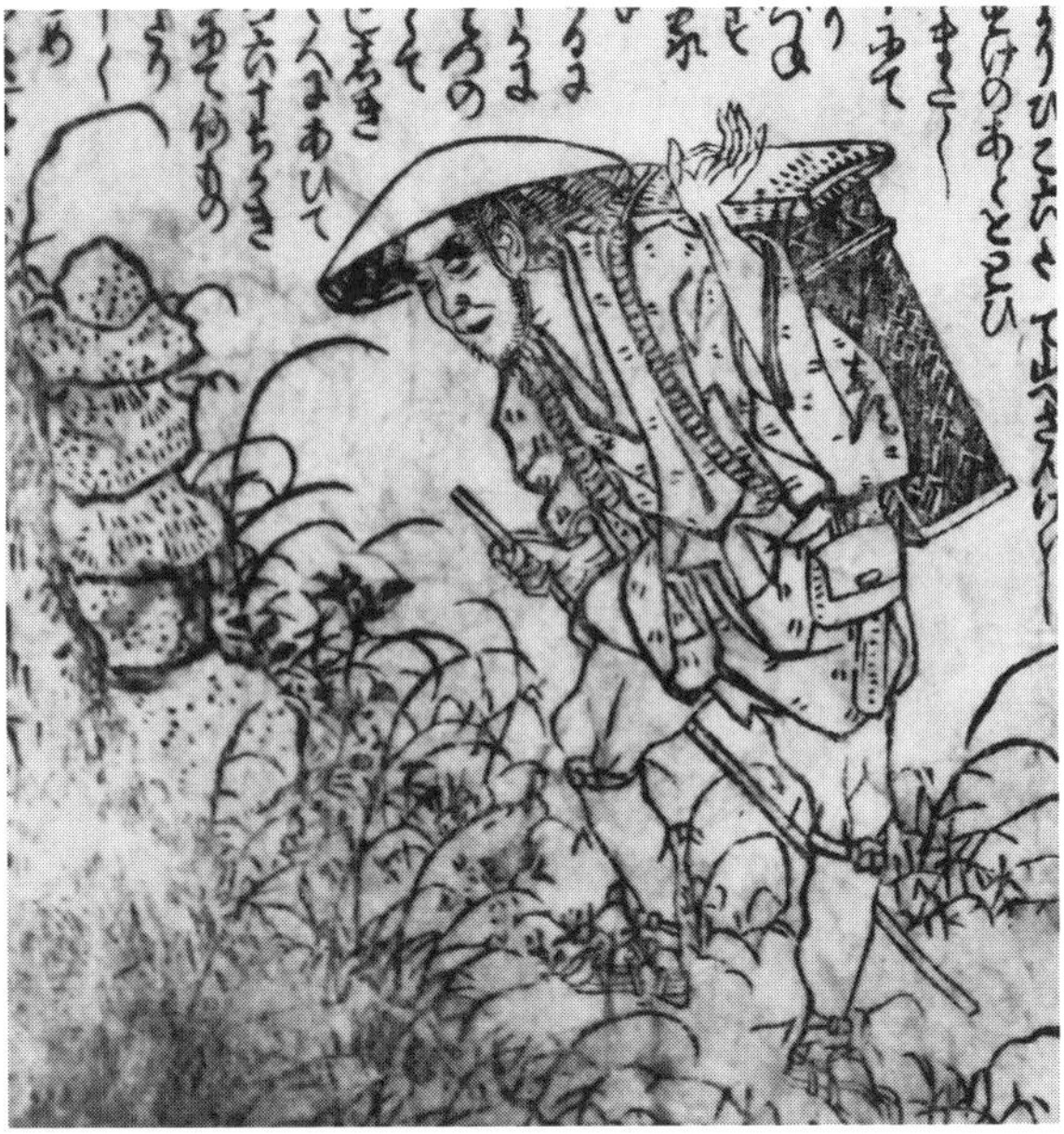

　しばらくして、おみすは彦六に向かって言った。

「それにしても不思議なことがあるものです。あなた様がここを出発した翌日は牧の助の命日だったので、小豆餅などを拵え、近隣の人々に配り、牧の助の供養をして仏に供えていました。あなた様が糸魚川の山中で茶店の法師と若者から小豆餅を勧められたとは、いったいなんということでしょう。不思議なことです」。

　彦六はおみすの話を聞いて涙をはらは

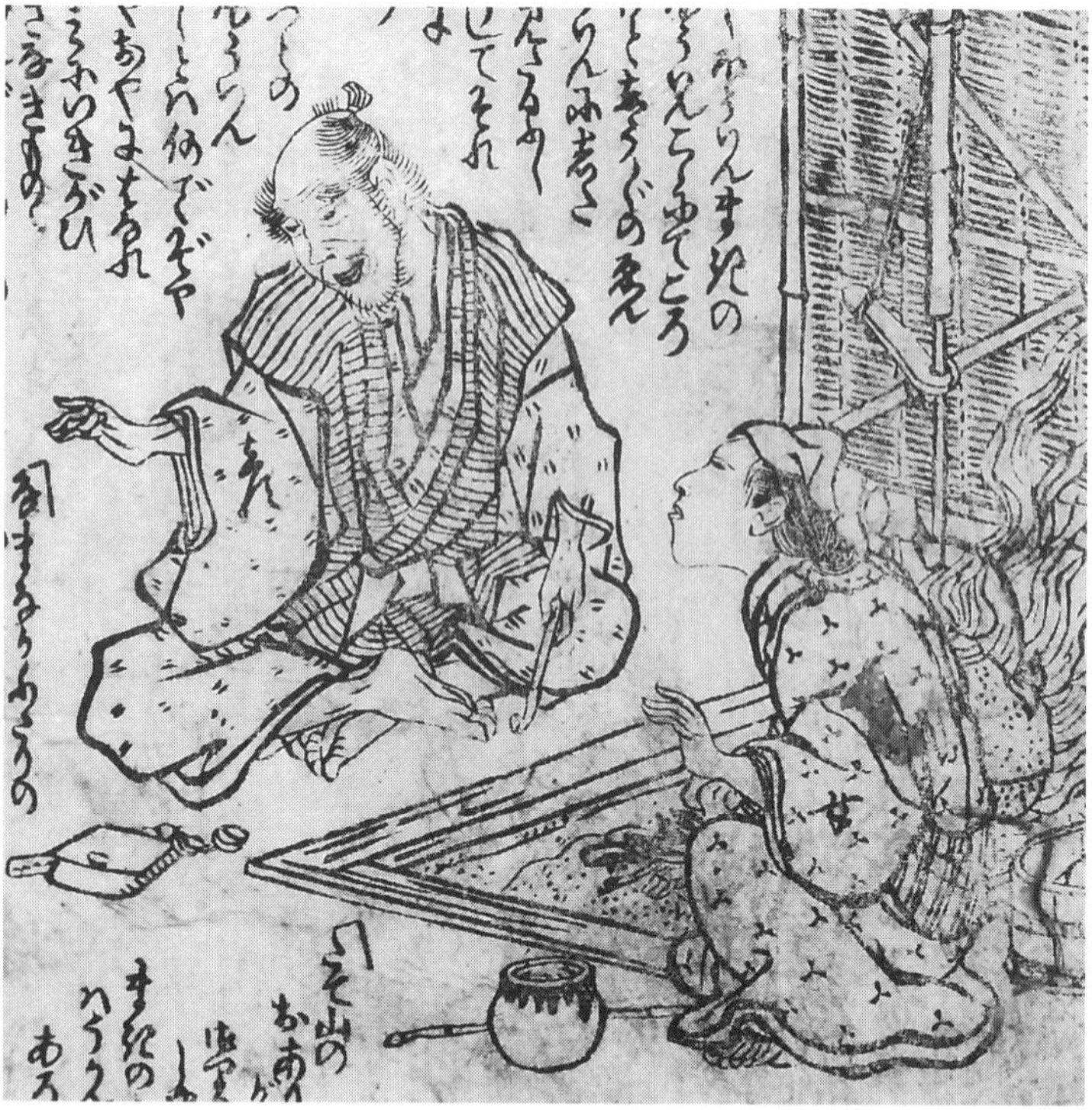

らと流した。それと同時に思い当たることがあった。彦六が牧の助とげんかいに遇ったのは、自宅を出発した翌日のことだった。

「さてはおまえが家で二人の供養をしたので、その志が二人に届いたのであろう」。

おみすはこれを聞いていよいよ堪えかねて泣き沈み、このうえは自分も立山に参詣し、せめて牧の助やげんかいのまぼろしでよいから一目見たいと、声も惜しまず嘆いた。無理もないことである。

おみすは言った。「立山のあ

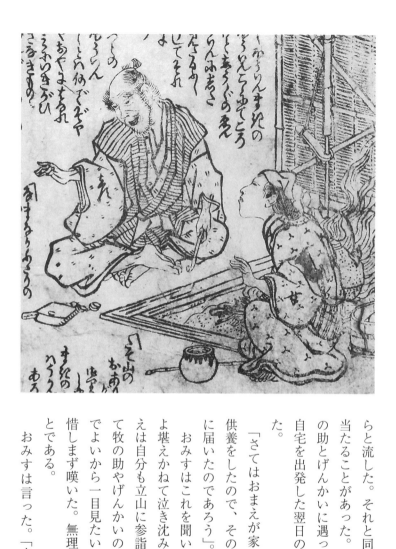

因果なことです」。

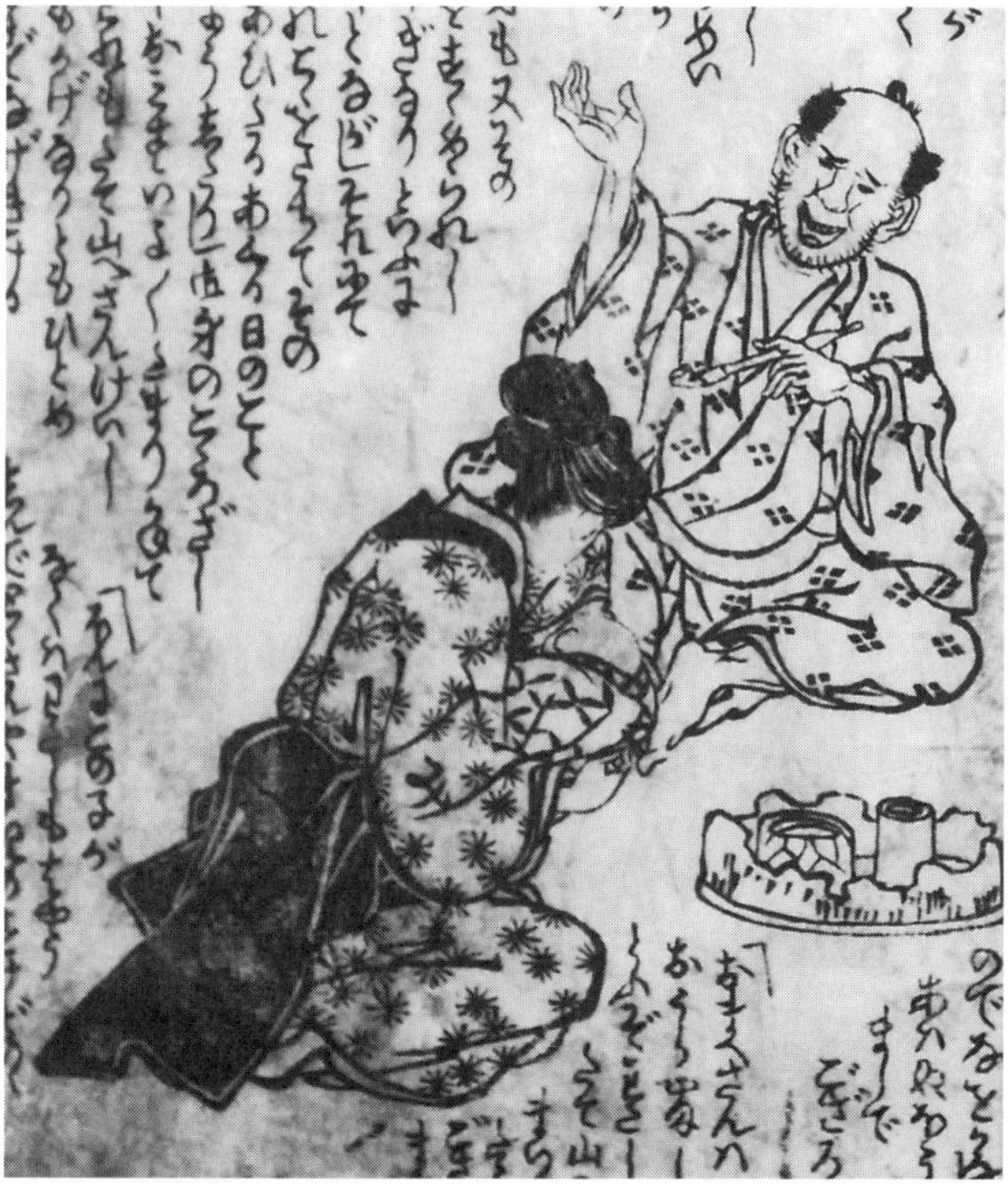

りがたい御利生（仏・菩薩が衆生に利益を与えること。また、その利益）で、牧の助は浮かばれたであろう」。

彦六が言った。「なまじっか二人に遇ってきたのでなお悲しい。遇わないほうがよかった」。

おみすが言う。「あなた様が羨ましい。どうか私も立山に参詣したく存じます。本当にこの子がいなければ、私も早く死んで、父さんや牧の助殿のいる所へ行って一緒にいるものを。それさえできないというのだから

【第四回：恩愛の真の宿（一七丁裏〜二一丁表）】

1　放蕩息子の彦十

ところで、先年、父の彦六に見限られて家出をした倅の彦十は、ますます悪行を積み重ねながら諸国を遍歴し、この頃は六部の姿となって北国街道を往来していた。

理不尽なことをけしかけては金銭を奪い取る盗賊になり、越中立山へ参詣する道者とわかるとたちまち話しかけて道連れとなり、「あなた方は、亡くなった人々の菩提を弔うために参詣されているとお見受けする。立山の不思議に遇えるのは信心次第であるが、山中で死んだ親にも子にも巡り逢えることは、ありがたい御利益である。あなた方は、どのような人のために参詣にやって来たのか」とだんだんと問いかけ、親のためと言えば、その親の年齢や容姿などを、物に寄せ事にかこつけて聞き澄まし、

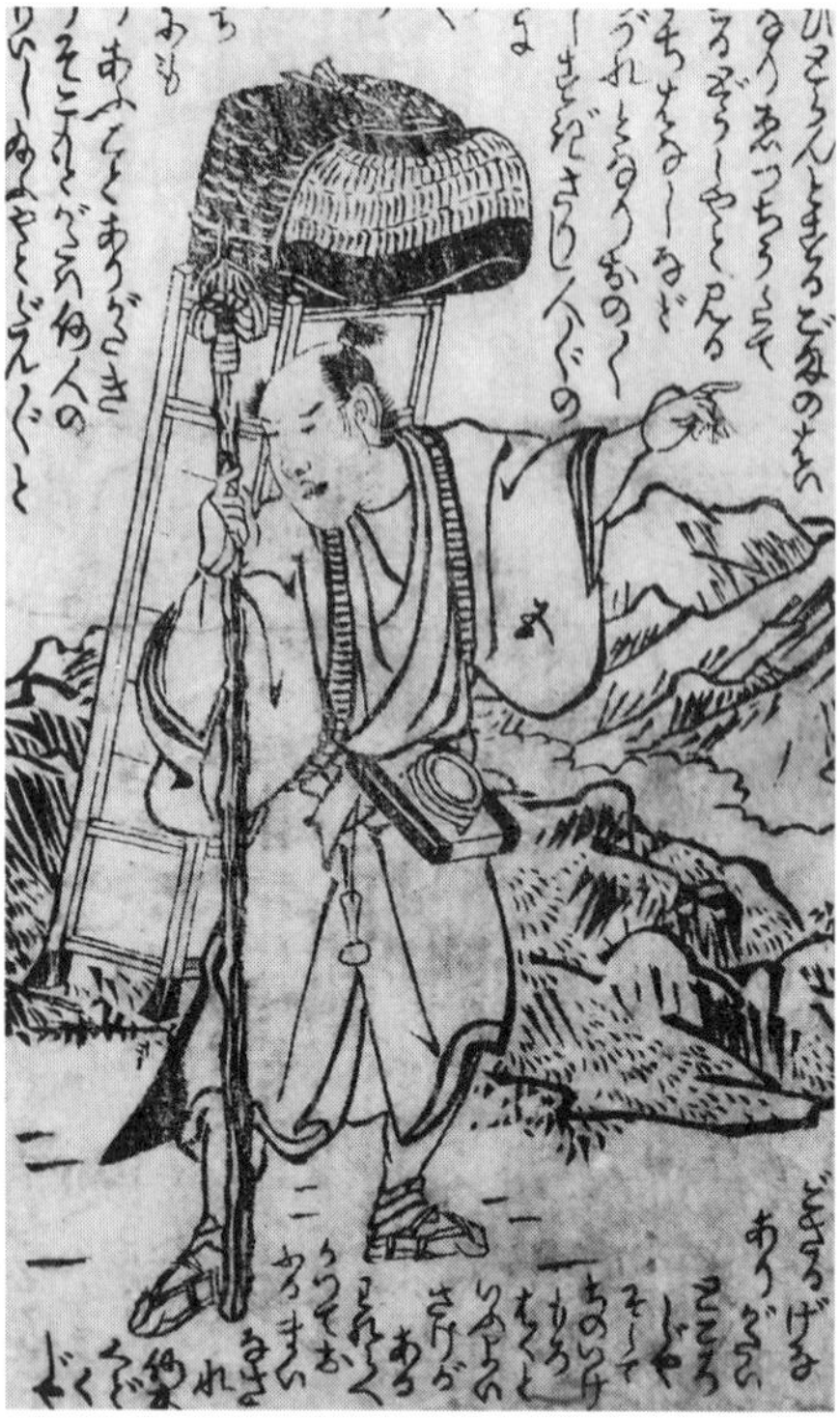

あるいは、ひとり子を失い悲しみに堪えかね、せめて罪障消滅のためにと言えば、またその子の年頃や背格好を聞き出して、「それならば信心を堅固にして参詣するとよい。その功徳であなた方が気にしている亡者はたちまち極楽での成仏がかなう。その証として、立山の地獄谷という所でまさにその亡者に遇うだろう。このことはすなわち亡者が地獄の呵責を遁れて極楽へ向かい成仏する証である」と。彦十は参詣者たちにこのようなことを語り聞かせ、一緒に道中を進んで行った。

「一百三十六地獄は、残らずこのお山にあるという。とてもありがたい所である。そして「血の池もろはく」という良い酒がある。私たちのために買って振る舞ってくだされ。何事も功徳であるぞ」。

2　地蔵の石右衛門

彦十と同じ盗賊仲間に地蔵の石右衛門という者がいた。法師になって麻の衣を着し、立山山中に自分の名前の「地蔵の石右衛門」にちなみ「地蔵堂建立」の幟を立てていた。小振りな茅葺きの家で鉦を打ち鳴らして参詣者から寄進を請うていた。

六部の彦十とはかねてから示し合わせておいたとおり、彦十は道者たちをここに連れてくる。道者たちを石右衛門に引き合わせ、志の戒名や俗名を経木に記させ、散物（賽銭や供物）を納めさせた。そのうえで道者たちを先に進ませたのち、彦十はこっそり石右衛門に耳打ちをする。今の道者の志の仏の年頃はいくつぐらいで格好はこれこれと、先に聞いておいたとおりに話し、あの道者たちが戻ってきたとき、その年配に似た幽霊を拵えておいて出してくれるようにしていたのである。

「俗名は五太郎兵衛左衛門と頼みます」。

3　立山の幽霊村

この辺り（立山山中）に、悪者仲間が寄り合い、自分の妻子や親、兄弟などを残らず幽霊に変装させて地蔵の石右衛門の注文に応えて稼ぐ村があった。

つまり、石右衛門が何かを注文してくると、たちまちその注文内容に似た者を選び、白装束に髪を乱した幽霊姿に扮装させ、目当ての道者たちの下向を待ち受けて、地獄谷の木陰や岩陰などから、ちらちらとその姿を見せて道者たちを惑わすのであった。そして石右衛門法師が道者の気持ちにつけ込み、法事や寄進を勧め、あれやこれやと金銭を騙し取っては、それを皆に配分した。

巷では、このような悪者たちが住んでいる村だということで、誰言うとなく幽霊村と呼ばれるようになった。

「昨日、疱瘡の子供の幽霊に扮装するとき、赤い着物を着ろと注文されたのには参った」。

「はい、四文で一合のお酒を持ってきましたよ」。

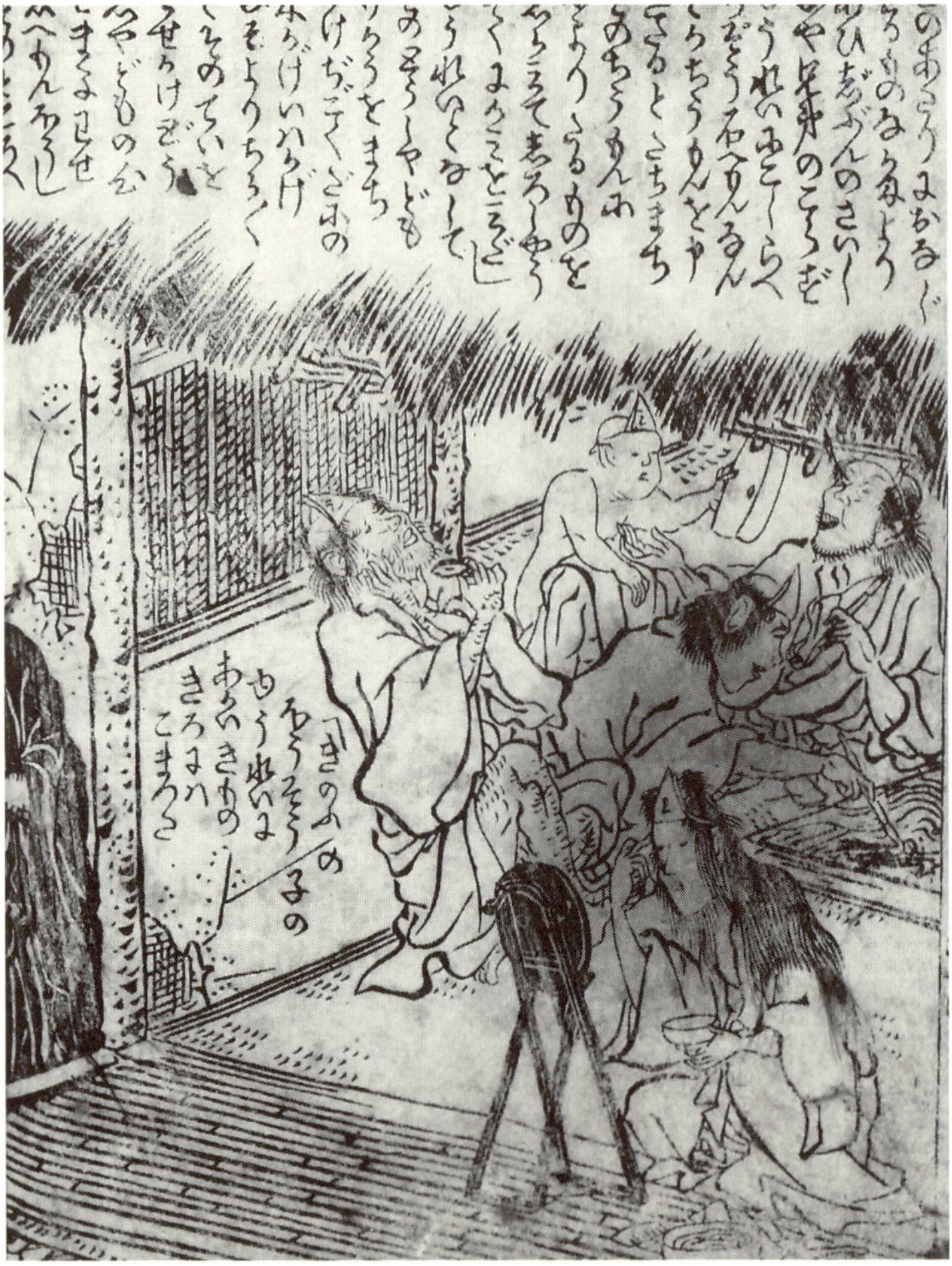

南無阿弥陀仏

4　地蔵の石右衛門宅に居候をする権藤太

権藤太はげんかいを殺害したのち何かしら気味が悪く、赤松の宿を出奔し、それ以降、諸所を遍歴していた。蓄えていた金子も使い果たし、さまざまな悪巧みもし、今では身の置き所もなく、少ない知人を頼りに立山の幽霊村にやって来た。地蔵の石右衛門法師の家に世話になり、ぶらぶらと遊び暮らしていた。

「貴様（権藤太）もこれからは俺（石右衛門）の弟子になって、ちょっと幽霊に扮して出てみたらどうだ。遊んでいてはつまらないぞ」。

「どうだろう、この辺に男妾の口はないだろうか」。

石右衛門法師の注文に合った者はすぐに幽霊に扮し、地獄谷や賽の河原、剱の山などの岩陰より道者たちの目に入るように姿を見せた。するとと道者たちはいたましい心持ちとなり、それこそ石右衛門の思うつぼで、回向料などを掠め取られた。

「あれあれ私の娘が出た。どうやら死んでから太ったようだなあ」。

【第五回：幽霊の雪の日（二二丁裏〜二五丁表）】

1　立山参詣に旅立つおみすと彦六

おみすは彦六から、彼が父・げんかいと牧の助に遇ったという話しを聞いて以降、しきりに懐かしく思うようになった。おみすはなんとか自分も立山に参詣し、亡くなった二人に会ってその顔を一目でも見たいと思った。もっとも立山は女性の登山が難しいというが、藤橋という辺りまでは行くことができるらしい。それならば、おみすは立山に赴きたいと言う。

彦六夫婦はこれを止め、若い女性がわざわざ幼子を連れて一人旅をするのは気苦労が多いだろう。

良い同伴者が現れるのを待ち、それから行けばよいと言う。

　しかし、おみすは聞き入れない。是非是非一日も早く参詣して親と夫に会いたいと、せっせと旅支度を始め、引き止めてもやめないので、彦六はその心根を思いやり、女一人では行かせられないと、今度はおみすとともに立山参詣をすることにし、幼子も連れて出発した。近隣の人々が村境までおみすたちを見送り、みんな涙を流して別れを惜しんだ。

「おみすもぼうも、あばよ」。

「できるだけ、マメができて転んだら起きなさいよ。犬の糞を踏んだ時は、遠慮なしに拭きなさいよ」。

「どなたもお達者で。やがてめでたくお目にかかりましょう。おさらば。おさらば」。

「妻を一人残して行くのが気にかかる。なんまいだ。なんまいだ」。

2 おみすと彦六の夢に現れたげんかい

おみすと彦六は、その日は糸魚川の宿に泊まった。

夜更けに二人の夢の中で、石を積み重ねた塔のようなものが枕元に現れ、たちまちその後ろから人の声がした。

「私はげんかい法印である。立山からの帰路、この山中で白藤権藤太によって殺された。地元の者たちが私の遺骸を埋葬し、標に石を積んで塔を造ってくれた。先だって彦六が立山に参詣したとき、これが好機と牧の助と言

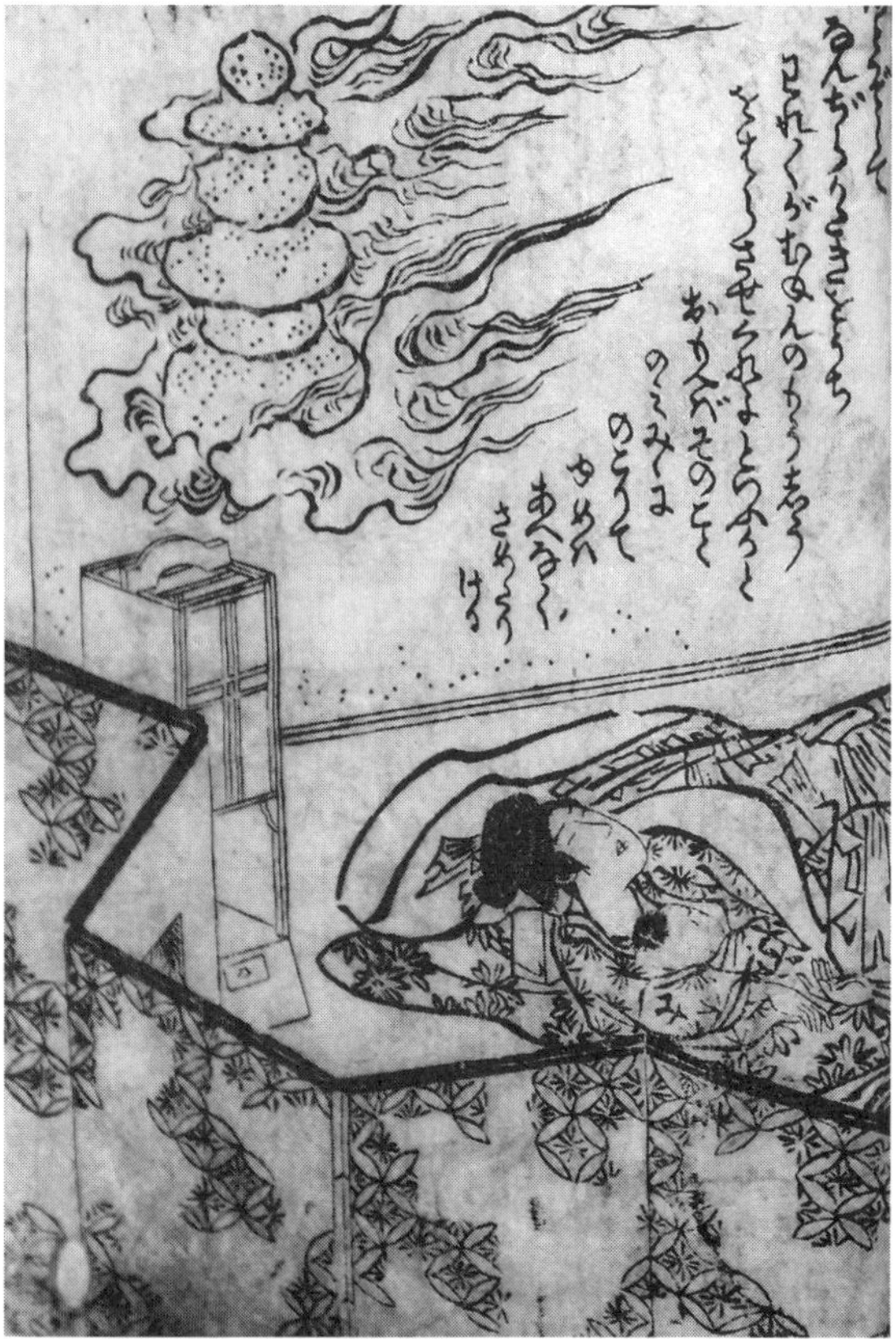

い合わせて、ここで彦六の足を止めて対面したのも、私がこの世にいないことを知らせるためであった。このたびおみすがこの地に来たことは幸いである。我々の敵である権藤太はこのほど立山に来ており、幽霊村という所にいる。何とかしておまえたちで敵を討ち、私たちの無念の妄執をはらしてもらいたい」。

と言ったかと思うと、そのことだけが耳に残り、夢はあえなく覚めてしまった。

「アー良い酒だ。もう一杯呑みましょう。アー、ウー、ムニャ、ムニャ、ムニャ」。

3　放蕩息子彦十と父との再会

彦六とおみすは不思議な夢のお告げで、げんかいの殺害は権藤太の仕業であることを知った。そして今、幸いにもその権藤太は立山の幽霊村という所に潜伏しているという。何とか手立てをうって権藤太を討ち取りたいと先を急ぐその道すがら、船見という所の山中で、彦六は茶店に忘れ物をしたことを、距離にして一、二丁も進んでしまってから気づき、急いで取りに戻った。その間、おみすは幼子に乳を飲ませながら待ち合わせていた。

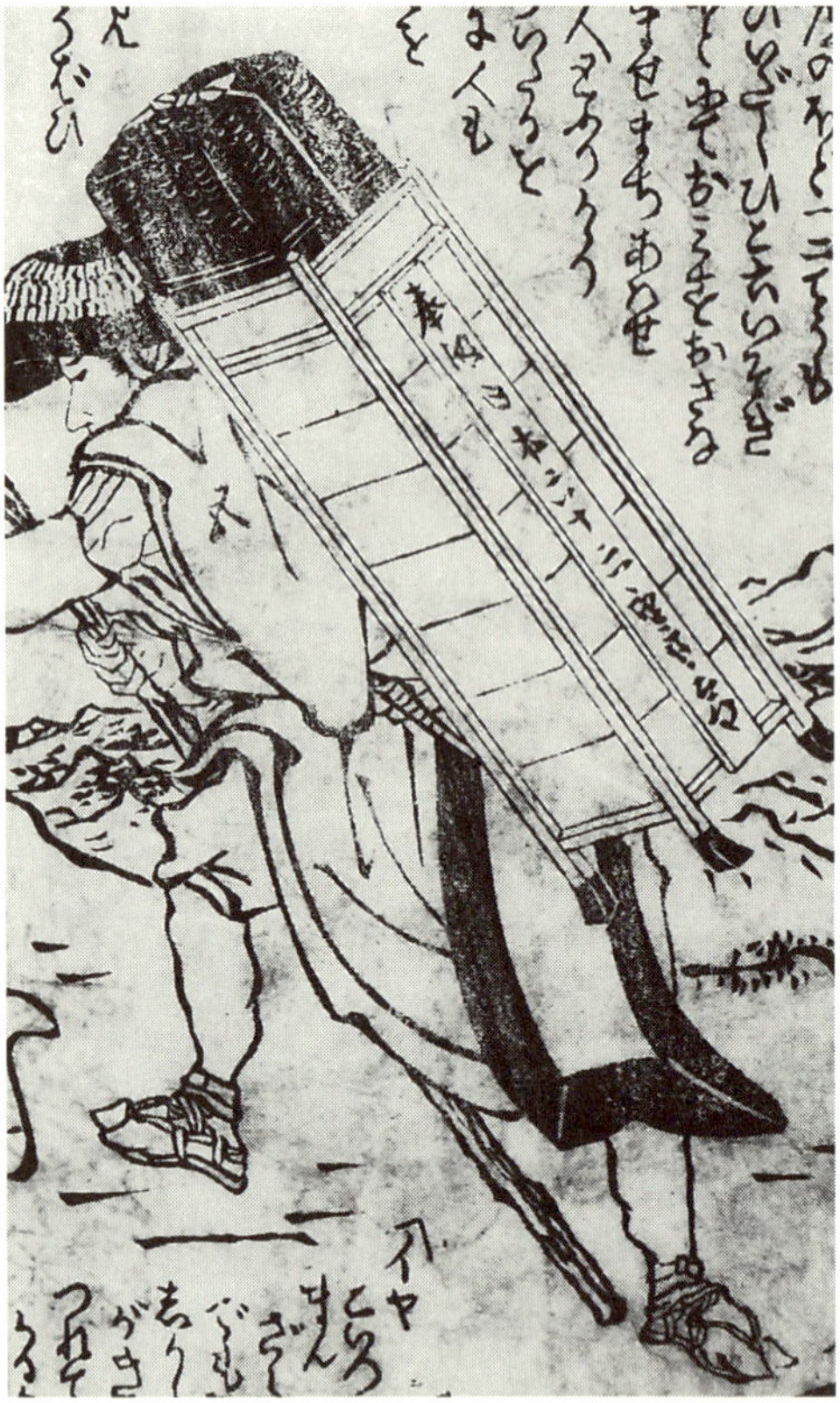

するとそこへ一人の六部が通りかかった。おみすが一人でいるのを見て、周りに人はおらず、六部はおみすに話しかけながら側に近づいて行った。そしておみすの首に掛かった財布の紐を見つける

や、路銀を奪い取ろうと襲いかかった。おみすは悲しげにさまざまに許しを請うが、六部は承知しない。無理やり少しばかりの金子を奪い取った。

「イヤ、こいつはまんざらでもない。しかし、ガキを連れているから亭主と道行きだな。いやらしいやつらだ」。

「旅費は私は持っていません。どうか離してください」。

そこへ彦六が馳せ戻り、狼藉者めと引き離そうとしたとき、六部が着けていた笠の紐が解けて落ち、互いに顔を見合わせれば、歳月が経っても見忘れ難き親子の縁、その六部は先年家出をし

た彦六の倅の彦十であった。
「イヤ、もう申し訳ありませんでした。こんなにへこんだことは一生の間に覚えがありません」。
「おのれは、おのれは。エエ、どうしてくれよう。腹が立つ。親不孝なやつだからこそ不憫で涙がこぼれるが、悔しいわい」。
　六部が地に伏して謝る姿を見て彦六は涙ながらに言った。「おまえは我が家を出奔してこのかた悪党がやめられない。六部と偽ってのその姿は重ね重ね不届きである。懲らしめる方法はいくらもあるが、しかしこのたびは助けることにしよう。そのかわりに立山まで召し

彦十はそれを聞いて、それなら簡単なことだと言う。

連れて行くことにする」と、さんざに叱った。

彦六は敵の権藤太を討ち取ろうと心は逸るが、若い女と足手まといの幼子をかかえ、自分自身も老いの身である。血気盛んな権藤太に出会ったとしても、もし返り討ちに遭えばこのうえなく残念である。だがここで倅・彦十に巡り逢ったことこそ幸い。彦六は今の彦十の罪を許し、このまま召し連れて、いざという時の戦力にすることとした。

彦六が彦十にこれまでのいきさつや讐討ちの計画を説明すると、

【第六回：孝心の月あかり（二二五丁裏～二三〇丁裏）】

1　偽幽霊に拵えられた権藤太

彦十が言うには、おみすや彦六に権藤太を討たせるために、まず自分が幽霊村を探索し、権藤太の年頃や面体、格好を詳しく聞き出す。次にその情報をもとに立山山中に行き、あの石右衛門法師にこのような注文によく似た幽霊を用意してくれと、権藤太の面体や年頃をそのままに話す。さらに加えて石右衛門には、施主となる道者はかなりの大金を所持しているようなので、この幽霊でうまく欺くことができれば相応の金儲けになりそうなことも伝えると言うのである。

計画に従って彦十は石右衛門

の所に赴き、注文によく合った者を探し出して幽霊に拵え、出してくれるように約束してきた。そのあと、彦十は彦六とおみすに追いつき、二人にもうじき本望を遂げることができるであろうが、立山からの下向のときには地獄谷に気をつけて欲しいと言う。そして、いずれ三人が地獄谷に至ると、必ず帰りにはこの岩陰より敵の権藤太が現れると語った。

石右衛門は六部の注文を受け、何が何でも金儲けをしてやろうと幽霊どもが集まり居る所へ駆けて行った。「年の頃は三二、三の男、痩せ形で眼が大きく頬骨が出た幽霊が必要である。貴様がどうやら似てはいるが鼻がひしゃげている。まさか地獄で瘡をかいたと言うわけにもいくまい。あちらの男は頬骨の出ているところはよいが耳の際にたんこぶがぶら下がっているからどうしようもない。はて、誰がよいだろう、彼がよいだろうか」、といろいろ相談するが一向に似た者がいない。石右衛門はしばらく考えていたが、いや、いるぞいるぞ、自分の家の居候がこの注文と何ひとつ違うところがない。石右衛門はこれは奇妙だと思いながら、すぐに権藤太に頼み、幽霊に拵えた。

2　権藤太を討ち取り讐討ちを果たしたおみす

権藤太は自分の面体や格好そのままに注文を受けたが特に不審に思うわけでもなく、世話になっている石右衛門の指図にしかたなく、白い単物を着て地獄谷に行った。権藤太が六部の合図を

待っていると、六部姿の彦十が、やがて彦六とおみすを伴い下向して地獄谷にやって来た。六部がそれっと合図をすると、権藤太は笠を被ったおみすに気づかず岩陰より現れ出た。すると彦十は素早く後ろに回り、権藤太の首筋を摑んで「あなた方の敵というのはこの男か」と言う。おみすは一目見て「いかにもその者こそ、白藤権藤太だ。父の敵、夫の讐、思い知るがいい」と、懐に用意していた短刀を抜いて向かっていった。

「こいつはとんだ目に遭わせる。本当の幽霊であれば消えてしまうところだが、素人の幽霊だけにどうにもならない」。

このとき彦十は権藤太をひっ摑んで投げ落とし、

おみすに敵を討たせてやろうと加勢した。それを見たそこかしこにいた同じ幽霊村の仲間の者たちは、そりゃ喧嘩だ、幽霊仲間に引けを取るなと馳せ集まり、おみすたちを取り巻いて権藤太に力をかした。彦十は怒って錫杖を掴み、多勢の中を駆け回り、叩きつけていった。幽霊どもは散々に打ち倒され、なかには傷を被る者もいた。しまいには敵わないと見て、皆、バラバラと逃げてしまった。

「おまえたち、一人も残さず討ち殺して本当の幽霊にしてやろう」。

「どっこい、そうはいかない。あまくみるな。本当の幽霊とは違って大飯を食う男だ。それも三度ずつ魚を付けて、酒を飲みながらだてに勝手なことを言って過ごしているわけじゃない。嘘

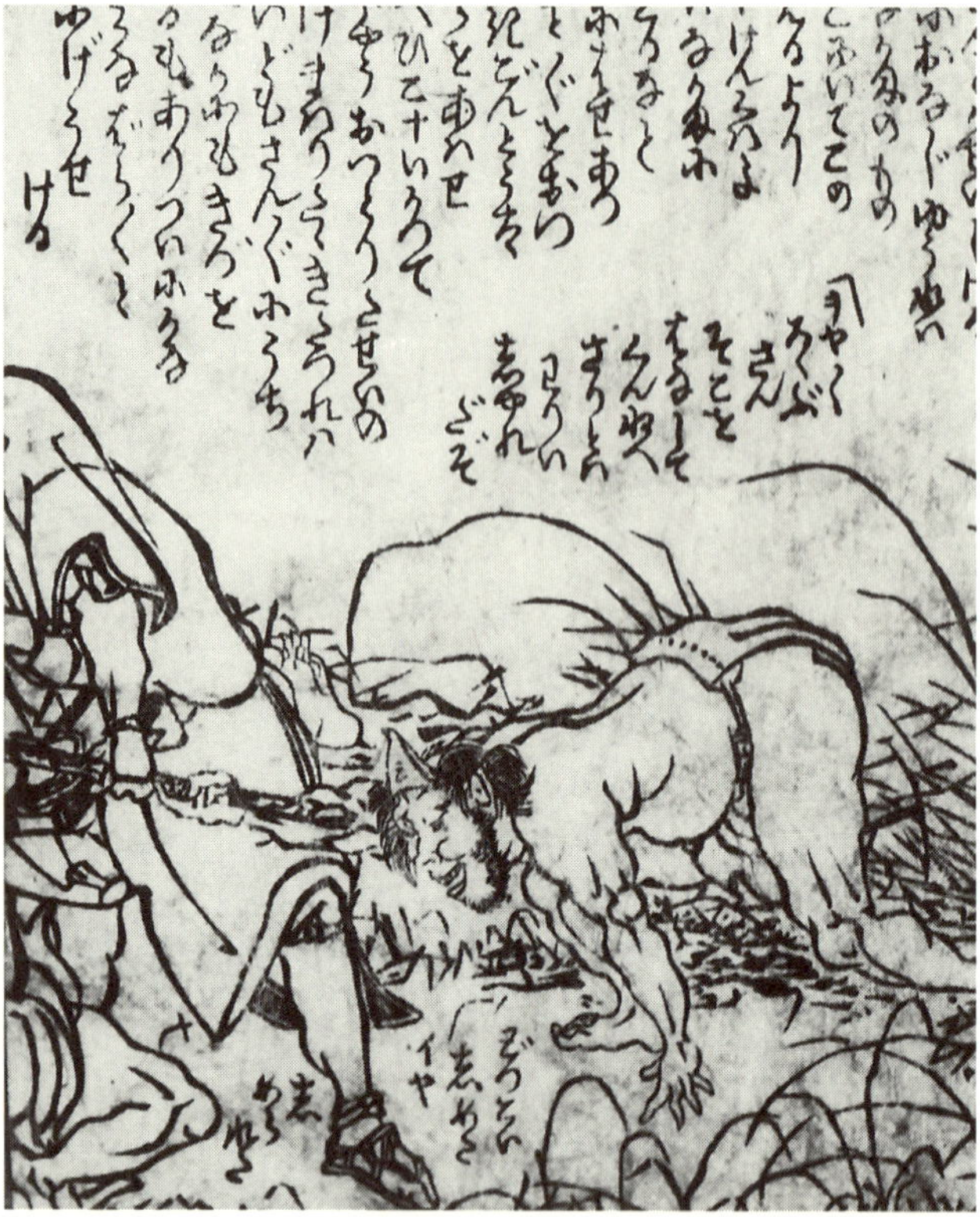

と思うなら俺の家に来て見ろ。俺は先に行く」。

「オヤ、オヤ、六部さん、「そこを放して（そこはなしにして）ください」とは、悪い洒落だぞ」。

「どっこい、しめた。いや絞められた」。

「あいた。あいた」。

「親分、じわっと頼みます」。

「アー、痛い痛い。おいらがこんなに斬られたのを女房どもが見たらさぞ泣くであろう。それが不憫だ。それより俺はもう助からないだろう。俺が死ぬ分には構わないが、女房を後家にするのが可愛そうだ。女房もじきに他の亭主を持つよ

うな性格であれば心配しないが、大方、後家のままでいると思うとそれが不憫だ、ワァイ、ワァイ」。

権藤太は思いがけずおみすに出遇い、まったくの丸腰で刃物も持たず、抜けつ潜りつ逃げ回るうち、彦十が幽霊どもを追い散らして駆け寄り、権藤太を錫杖で叩き伏せた。そこへおみすが飛びかかり、女ながらも親と夫を思う一念力は岩をも通すほどである。切っ先鋭く突き通され、権藤太は七転八倒して悶え苦しみながら死んでいった。

「思い知ったか。思い知ったか。ああ嬉しい。しとめたそうな。よいきみ。よいきみ」。

3　目代からの褒美と牧三郎の家督相続

地元の目代より詳しく詮議が行われ、おみすと彦六に褒美が下された。まさにおみすの孝心貞節を天道も憐れんでくださったのだろう。また立山の御利益があってか、さすがに手強い権藤太を思い通り討ち取り、本望を達した。

また、彦六は、おみすの夫が自分の倅・牧の助であり、彼が亡くなっておみすが困窮した時にもしっかり面倒をみてきた。それも目代から認められ、奇特（言葉や行動などが優れている。褒められるべき素晴らしい行いをしている）であると褒美の言葉を頂戴して彦六は面目を施した。

今回の一件で幽霊村の悪者たちもみな追い払われた。

まことに立山は日本一

の霊場であり、天寿不思議の霊応もあるのだろうが、死者がこの山にいるわけではなさそうである。ただ、げんかいと牧の助が彦六に遇いにきたのは、まさしく、まさしく、二人が亡霊として現れたものであって、互いに心残りの情から、自然とその気が交歓して、不思議なるかな讐討ちを成し遂げさせたのである。

「さてさて、女でありながら希なる働きとのこと、実にけなげじゃ。けなげじゃ」。

「そして、顔・容貌もよい。エヘン、エヘン」。

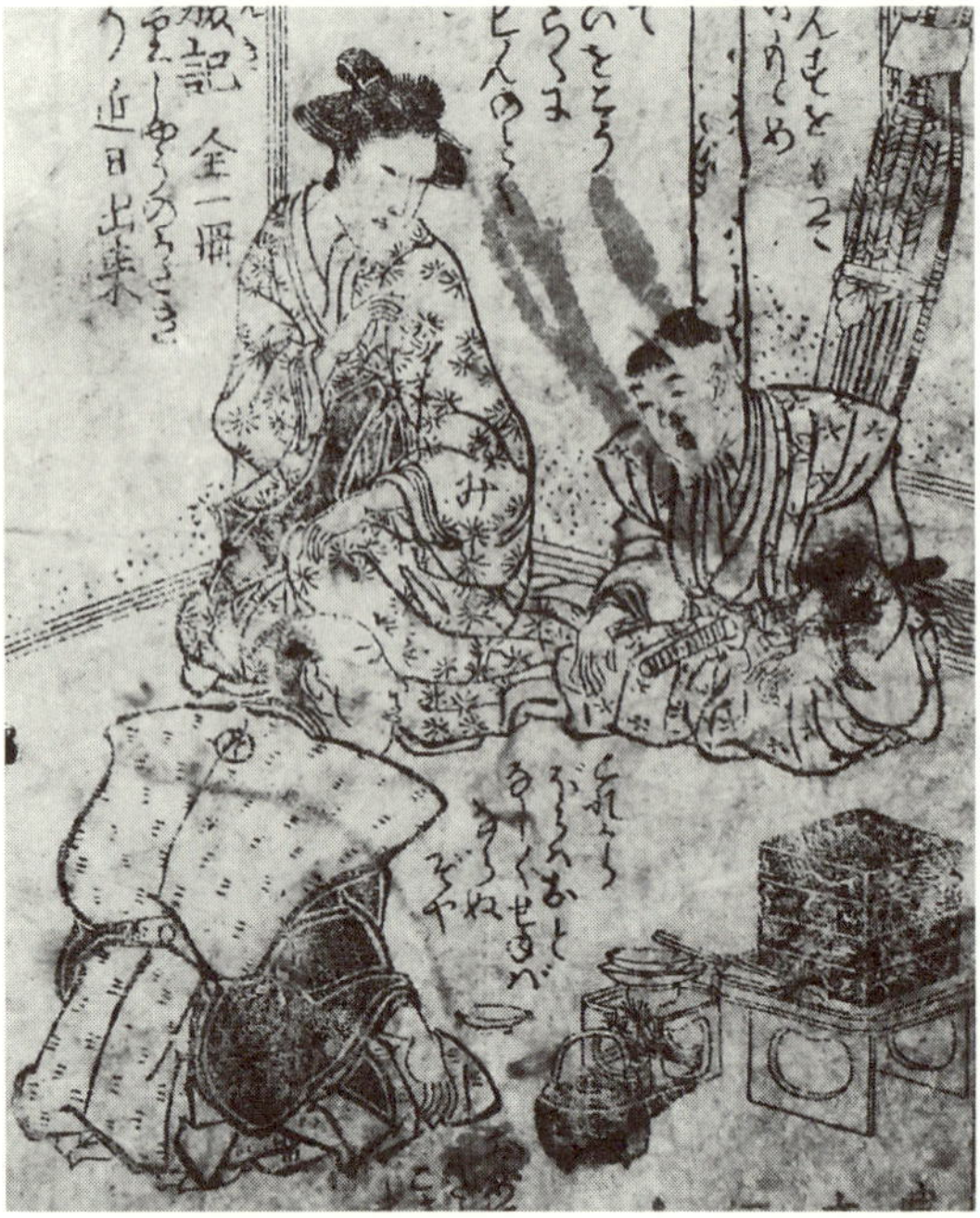

それからおみすは故郷へ帰り、褒美の金子で田畑を買い求めた。そして一子の牧三郎を家督とし、彦十と彦六をその後見として、安楽に暮らしたのであった。

孝心の徳、めでたし、めでたし。千穐万歳、大々叶。

「これから、坊やはしっかりしていかなければなりませんよ」。

「本当にめでたいことでございます」。

第二章　解説

一　十返舎一九と越中国立山

十返舎一九の膨大な著作のなかで、越中国立山を題材としたものに、文化五年（一八〇八）刊行の『越中楯山幽霊邑讐討』と文政一一年（一八二八）刊行の『諸国道中金草鞋』第一八編（内題「越中立山参詣紀行　方言修行金草鞋」）の二冊がある。このうち後書は、これまで数人の研究者によって翻刻や解説および立山信仰史研究における史料的位置づけが行われており、ある程度世に紹介されている。ところが前書についてはさまざまな書籍・論文目録を検索する限り、まったく研究の跡が見られなかった。そこで筆者は近年、勤務先の北陸大学の研究紀要において前書の史料紹介を行った。

ところで一九は、文政九年（一八二六）、実際に越後、越中、加賀方面を旅したと推測されているが、『諸国道中金草鞋』（文政一一年）はその体験にもとづいており、彼の代表作『東海道中膝栗毛』と同じく滑稽本の類であった。一方、『越中楯山幽霊邑讐討』は合巻で、『諸国道中金草鞋』の刊行より二〇年前の文化五年（一八〇八）に刊行されており、その内容は一九自身が巻頭に記すように、当時江戸で流行していた讐討ち小説を強く意識したうえで、そのなかに若い男女の恋愛、婚前妊娠、駆け落ち、中年男性のストーカー行為が発端となった殺人、死者の幽魂と怪異譚、さらには一九が友人の唐来参和から教わった（唐来参和は古老から聞いたという）立山幽霊村の話など、いくつかのモチーフを織り交ぜて書き上げた大衆娯楽小説といったものであった。

この二冊はジャンルこそ異なるが、どちらの内容を見ても古来の霊場立山に対する人々の意識が、文化・文政期には信仰一辺倒の修行の山から観光・遊楽の山へと移り変わっていったことをうかがわせてくれる。

折しも『越中楯山幽霊邑讐討』が刊行された六年後の文化一一年（一八一四）には、加賀藩前田家の支配のもと、従来の立山禅定道からは外れるが、立山の台地や峰々と近接するカルデラ内に立山温泉の施設が整備され、また併せて山麓から立山温泉への直通道路も敷設され、本格的な温泉経営が開始された。その結果、芦峅寺衆徒は、参詣者が古来の禅定登山（修行登山）よりも観光・遊楽登山を求める社会風潮を反映してか、芦峅寺を訪れる参詣者の激減や、霊場内における女人禁制領域の再検討など、旧来の立山信仰の教義や慣習を揺るがしかねない極めて困難な状況に陥った。また経済的な面でも著しく困窮した。いわば、江戸時代後期の加賀藩の産業振興政策が旧来の霊場信仰を脅かすような事態を招いたのである。『越中楯山幽霊邑讐討』は、一九がこうした社会の風潮を早々に察知し、それを敢えて古来の伝統的な霊場立山を題材として創作しているところに大きな意義があり、また一九の流行作家としての先見性が感じられる。

　さて次に、小説といえども江戸時代の文化情報を多分に含み、史料価値が極めて高い『越中楯山幽霊邑讐討』を史料として活用できるように翻刻しておきたい。

二　書誌

　『越中楯山幽霊邑讐討』は、十返舎一九著、一柳斎豊広（歌川豊広）画。出版元は鶴屋喜右衛門。出版年は文化五年（一八〇八）。装丁は和装、全六巻、二冊（合巻一冊）三〇丁。注記として広告・蔵版目録・近刊予告などがある。同書は、国立国会図書館古典籍資料室（請求記号…二〇九―一五）や東京大学大学院人文社会系研究科・文学部図書室（収蔵番号…国文・近世・三六、一四：一〇三　四八〇一八三三九九九）、専修大学図書館（全六巻のうち存三巻）、富山県立図書館（二種類の作品を所蔵。請求記号…T九三五―一四〔合巻一冊〕、N八一―一二〔後編のみ一四丁〕）、静岡市立図書館（請求記号…K一三二）、東京都立中央図書館（二次資料・マイクロフィルムリール一巻、請求記号…加ポジ一九四六）などで所蔵されている。なお、本書で翻刻および分析に用いた『越中楯山幽霊邑讐討』は、富山県立図書館所蔵の作品であり、二種類あるうちの合巻一冊本の方で、請求記号…T九三五―一四、寸法は一七・八センチメートル×一三・〇センチメートルである。

ところで、元富山県立図書館司書の古澤尋三氏は、昭和六〇年（一九八五）に、同館中島正文文庫所収の十返舎一九著『立山噺（後編）』の翻刻文と粗筋を富山の郷土誌『郷土の文化　第一〇輯』に、「十返舎一九「立山噺」後編について」と題して掲載している。そして実は題名こそ異なるが、その内容はまさしく『越中楯山幽霊邑讐討』のそれであった。さらに七年後の、平成四年（一九九二）、古澤氏は東京都立中央図書館加賀文庫所蔵の『越中楯山幽霊邑讐討』（マイクロフィルム複写）を活用し、前回と同じく『郷土の文化　第一七輯』に、「十返舎一九「立山噺」前編について」と題して、同書の翻刻文と粗筋を掲載している。

古澤氏が中島正文文庫の作品（後編のみ）を扱った際には当初の題簽が散逸しており、「十返舎一九戯書　立山噺　後編」と後補の題簽が付されていた。したがって古澤氏はその史料を紹介した際にはこの題名を用いている。七年後に古澤氏が前編の史料を『郷土の文化』で紹介した際にも、すでにこのときは「越中楯山幽霊邑讐討」の正式題名は認識されていたが、前回の後編に合わせて「十返舎一九「立山噺」前編について」と題されている。残念ながら、筆者は『越中楯山幽霊邑讐討』を翻刻・意訳する際に、このような題名の異なりから、古澤氏の同書に対する早くからの研究業績をまったく認識することができなかった。したがって本書を上梓するにあたり、その経緯をここに記しておきたい。
　さて、以下は、同書の翻刻である。

【表紙表】

越中楯山幽霊邑讐討　一九作

【表表紙の裏】

読本　善知《うとふ》安方《やすかた》忠義《ちうき》伝《てん》後編《かうへん》　蛛《くも》のふるまひ　全部七冊　山東京伝作　歌川豊国画

醒醒斉山東翁著　骨董集《こつとうしふ》　近刊

二百年以後《いご》、聞人《ぶんしん》の伝幷《でんならびに》肖像《せうぞう》珍書《ちんしよ》奇画《きぐわ》古制《こせい》の衣服《いふく》雑器《ざつき》のたぐひ諸《もろもろ》好ず家《かうずか》の秘篋《ひきやう》にもとめ数《す》十部《ぶ》の珍書《ちんしよ》を引自己《ひきじこ》の考《こうがへ》を加《くわ》へ事《こと》を記《き》し物《もの》を図《づし》たる漫録尚古《まんろくしやうこ》の書《しよ》なり

文化戊辰新絵草紙
東 上総夷潜郡《ひがしかづさのいしみのこほり》　白藤源太《しらふぢけんだ》談《ものがたり》　山東京伝作　歌川豊国画　全部七冊
小曽野禄《こそのろく》三郎　八重霞《やへがすみ》かしくの仇打《あだうち》　山東京伝作　歌川豊国画　全部六冊
於杉《おすぎ》　於玉《おたま》　二身之仇討《ふたみのあたうち》　山東京伝作　歌川豊国画　全部六冊　文化三丙寅年発行
契情《けいせい》の松《まつ》　官女《くわんぢよ》の桜《さくら》　復讎孖渡頭《かたきうちふたごのわたし》　山東京山作　歌川国貞画　全部六冊

【一丁表】

越中楯山幽霊邑讐討《ゆうれいむらあだうち》　全部六冊　合本一冊

友人唐来《とうらい》三和子、予が弊室《へいしつ》に来り、いへることあり。曰《いはく》、近頃《このごろ》流行《りうかう》の稗史《さうし》を閲《けみ》するに、凡《すべて》而復仇《ふくしう》の談《だん》に限れり。そが中に、人の怨恨《えんこん》積聚《せきじゆ》、亡霊《ぼうれい》の冥影《みやうげん》を録《しる》すこと冊子《さうし》毎《ごと》にして、あるは山賊《ぞく》海賊の暁勇《けうゆう》なる、あるは悪狼蝮蛇《あくらうふくじや》の災害《さいがい》にあへる、これらの趣、倶《とも》に附会《ふくはい》せざるは無し。因《よつ》て作者、意《こころ》を奇怪《きくはい》の中に容《いれ》て、もはら世界の鑿説《さくせつ》

【一丁裏】

を需む。我若冠《われじやくくはん》の頃ほひ、古老の夜話《やわ》にきけることあり。越中国楯《えつちうのくにたて》山に幽霊村《ゆうれいむら》と、自然《しぜん》に異《い》名《みやう》を付たるあり。そは邑中《ゆうちう》の男女白衣《はくえ》を着し、鬂髪《きやうはつ》にして、亡霊《ぼうれい》の容貌《すがた》と顕《げん》じ、詣人《けいじん》のこころを迷倒《めいどう》させ、施物《せもつ》金銭を貪《むさぼ》る手便《てだて》とせしよし、寔《まこと》に一箇の笑談《しやうだん》なり。予《われ》是をもて趣向《しゆかう》とせし一作ありしが、忘失《ぼうしつ》して稍《やうや》く其《その》一、二を思ひ出せりと。語《かた》り終て、予にこれを編《あめ》よといふ。予思為《おもへらく》、立《たて》山は日域《にちいき》最上《さいじやう》の霊場《れいじやう》なれば、かかることの有べきやうなし。

【二丁表】

全《まつた》く虚誕《きよたん》の説《せつ》なるを論《ろん》ずるに足らずといへども、一夕の興《けう》に備《そな》ふる稗史なればと、是に同国長浜《ながはま》

の貞婦《ていふ》が復仇《ふくしう》の玄話《げんわ》をもて編《つづ》り合せ、則此表題《ひやうだい》をかうふらし無。

文化戊辰春　　東武逸民　十返舎一九題（花押等）

巻中除目

【二丁裏】

①むかしむかし、えちごのくにながはまといふ所に、ほうじゆいんけんかいほういんといふものあり。もとはえつちうたて山のしゆげんなりしが、いささかのさはりありてたて山をしりぞき、此所にしるべをたのみて、さいしともにぢうきよし、かぢきとうをなしくらしける。つまは身まかり、むすめおみすことし十六才になりける。きりやう人なみにこへ、心さまもやさしければ、みな心をかけぬはなかりける。そのころ、とうごくあかまつのしゆくに、しらふじ権藤太といふ

らう人ものあり。すこしのきんすをたくわへ、そのりぶんをとりて、ひとりあんらくにくらしけるが、

②こいつはめうしゆをうたれたんぼの、ひいなぐさじや。

③よいきみ、よいきみ。

④おみすぼう、どうじやいの。

【三丁表】

①おりふしは、このほういんかたへあそびにきたり。ごなどうちて心やすくせしに、むすめおみすがきりやうになづみ、おりおりひとめのひまにはくどきけれども、おみすはけしてしたがはず。ごんどう太、いかにもしてこのむすめを手にいれんと、ほういんがひんきうを見こみ、しんせつらしくきんすなどようだつことたびたびなり。

②おととさん、おにばながでけきました。をすかんごんとう太さんへあげるのじやないわいな。

【三丁裏】

①しかるに、このほういんのかたに、おさなき時よりめしつかひたる、まきのすけといふわかしゆあり。おやはこのきんざいのいづみむらにすみ、わづかのひやくせうなり。まきのすけ生れ付あでやかにして心だてもやさしく、すでにことし十七才なり。いつしかむすめおみすとしのび合て、ついにおみすただならぬ身となりければ、ふたりとも大きに心をいためものうき。ほういんこのことをしらべ、ふたりがながきわかれとならんもはかられずと、そのことのみおもひくらしいたりける。ごんとう太はこのふたりがこいなかをさとり、心中に大きにせきこみ、このうへはおもてむきほういんにしよもうし、ぜひぜひもらひうけんとおもひ、まづそのことはいはず、ようだちたるきんすのさいそくをせい

②わたくしは、いつそくろうでなりませぬ。

③どふぞ、よいしあんがありそふなものじや。

【四丁表】

①きうにせめたりける。

②ええ、けち。いまいましいやつらじや。今にてん上みせてやろう。

【四丁裏】

①ごんとう太はしきりにかねのさいそくをなしけるにぞ、ほういんめいわくし、いろいろとことはりいふに、権藤太それにつけこみ、むすめおみすをしよもうしかけうけんといふに、ほういんもことはりいはば、かねのさいそくにあわんとぬけつくぐりつ、いつすんのがれに

②わん、わん、わん。おいらとおなじそでこくな。ちくしやうめ。わん、わん、わん。

【五丁表】

①いいのばしおきけると、おみす・まきのすけはこれをきき心をいため、すへはいかにやなりゆかんとあんじわびつつ、ことにただならぬ身なれば、もしも権藤太かたへよめいりさせんとあらばいかにせん。とかくこの所にありてはそはれじとおもひ、たがいにわかげのあとさきをもわきまへず、ついにいひあはせてふたりうちつれ、よはにまぎれてかけおちしける。

②いつそ、むねがどきどきしてならんわいな。

③さぞだんなさまがおはらだちであろう。おいとしい。

④そつちのむねより、おれがどきどきしてきがわるくなつた。おもいれほへてやろう。わん、わん、わん。おわんのわんとな。

【五丁裏】

①それよりふたりは、まきのすけがおやもといづみむらにぞいたりける。いづみむらの百しやうひころくといふは、まきのすけがおやなり。おみすをともなひかけおちしてきたるを大きにいかり、さまざまいけんし、おみすをばおやもとへかへさんといふに、おみすなげきてだんことたのみ、もしもふとくしんにて、ぜひぜひかへさんとのことならば、このよにいきがひなきいのちなりと、なみだながらにたのみける。

【六丁表】

①ごんとう太はあらかたほういんをいひくるめたるとおもふうち、おみす・まきのすけとうちつれてかけおちしけるゆへざんねんにおもひ、このうへはふたりがゆくゑをせんさくし、ぜひともおみすを手にいれんとさまざまにこころをつくし、ひごろ心やすきわるものどもをたのみ、ない

ないせんぎして、もし両人がありかをききいだしたるものには、いつかどのしやれいすべしとけいやくしける。

②どふしてもおとこがたたぬ。ぬしたちをたのむたのむ。

③ひやくもがてん、二ひやくもせうちだ。そのかわり、ささやのかもなんばんをとりにやりはどふだの。

④その女をたづねだしたら、又おれとにげやうといふだろう。とかくおいらには女がほれるからこまりはてる。

【六丁裏】

①ひこ六は、おみすがだんだんのなげきをおもひやり、ついに両人をかくまひ、ないないほういんかたへもかくとしらせけるに、ほういんもむすめのふびんさに、今とりもどさば、わかげのいつてつにていのちづくにもおよぶことあらんかと、ひこ六へ今しばしせはしおきくれよとたのみ、ないないその手あてをなしあづけおきける。おみすはただならぬ身のすでに十月にみち、さんの

け

②うれしや、あんざんしたと見へる。

【七丁表】

①つきければ、ひころく、ほういんかたへもひそかにしらせけるゆへ、さすがにおんあいの道のがれがたく、ほういん、よにいりてひころくかたへたづねきたりける時、はやおみすは、やすやすとたまのよふなるおとこの子をうみおとしける。

②やれやれ、よい子じや。まきの助にそのままじや。

③めでたい、めでたい

【七丁裏】

①たしかにそふだ。よしよし。

【八丁表】

①ほういんはおみすがあんざんに心おちつき、やがてたちかへらんとするに、夜ふけたれば、道のほどこころもとなしと、ひころく・まきのすけ二人してほういんをおくりける折ふし、むらさめふりいだし、くらさはくらしやうやうとたどり行。ごんとう太ほかよりかへりがけ、やなせ川のほとりにてあめにあひ、大木のかげにあまやどりしていたるが、ほういん、両人のものにおくられかへるをみつけ、さきにてうちんもちたるものをすかしみれば、まきのすけなりけるゆへ、ごんとう太こらへず、きやうこそわがこいのあだ、にくきもにくしと、折しもさけきげんにて、ひとこしを引ぬききりかけける。

【八丁裏】

①おもひもよらぬことなれば、何かはもつてたまるべき、まきのすけ、かたさきよりしたたかにきりつけられ、あつといふてやなせ川にうちたをれ、ながれてゆくゑはなかりける。ほういんおどろき見れば、くせものはほうかふりにめんていをかくしたれども、まさしくしらふじごんとう太なりと見てとり、わが身のうへもあぶなしと、こへをたてて人をよびさけびつつにげいだしけるる。ひころくもあはてうろたへ、ただ人ごろしとわめきちらし、あなたこなたへかけまはりけるところに、おりふし四、五人づれにてわうらいのもの来かかり、

②やれやれ、かなしや。かなしや。

【九丁表】

①何をやらんとはしりよりたるに、見つけられじと、ごんとう太はそのままこの人々をくぐりてにげかへりける。

②おのれ小ぞうのくせに大それたことをしやあがつた。おもひしつたか。おもひしつたか。なむめうほうれんだぶつ。

【九丁裏】

①まきのすけはおもひがけなくきりころされ、ひこ六あるにもあられず、くやめどもせんかたなく、あいてはにげければ、まづほういんをながはまにおくりとどけ、ひとりとぼとぼかへるみちすがら、おもふやうは、まきのすけがさいごあからさまにかたらば、さんふのちをあげてむなしくならんこともしれがたし。立かへりては、まきのすけがさいごのことはかくすにしかじとおもひさだめ、いかがいつわりいわんとて、そのくふうのみして、もとのやなせ川にいたり、

【一〇丁表】

①いたばしをわたりゆくに、ひころくがあゆみゆく二、三げんさきに、火のたまころころところがりてゆくに、おどろきたちとまり見たるが、さてはわがしうしやうにつけこみ、きつね・たぬきのわれをたぶらかさんとするなるべし。心よはくてはかなふまじと、ひころくわざとよはみを見せずしづかにあゆみゆくに、かの火のたま、おなじみちをさきにたちてころがりゆくぞあやしけれ。

【一〇丁裏】

①ひころくはきつね・たぬきのわざならんと心ゆるさずたどりゆくに、やがて、わがやのかどさきにてかの火の玉、彦六よりさきに家のうちへとびこみける。ひこ六おどろき、いそぎうちに入たるに、女ぼう、ひころくを見て、さてさておそかりし。まきのすけは今かへりたり。御身なにとてあとにのこりたもふやといふに、ひころくいよいよいぶかしく、まきのすけかへりしとはこころへずとあたりをみれば、おくのまにおみすとはなしごへするゆへ、さては今のひのたまはまきのすけがしうねんなるかと、おもはずなみだにかきくれける。

②はやくあけた。ひもじい。ひもじい。

【一一丁表】

①ひころくおくのまのやうすをうかがひ見るに、まきのすけがめんてい・かつこう何となくあはれげに、おみすとはなしするこへもかなしくなみだぐみたるふぜい、このよの人とはおもはれず。さてこそそのみはひごうにししたれば、うらみもやらず、あとにのこりしつま・こにしうぢやくのねんをのこし、まよひきたりしものなるべし。いかにしてもふびんのありさま也と、こころのうちにねんぶつをとなへ、おもはず両がんをすりあかめ、ひとりなみだをとどめかねける。

②よふももどつてくだんした。

③ずいぶんあとのようじやうをだいじに、はやうたつしやになるがよい。そして、こぞうにはたへずきうをすへて下され。とかくそれがこころにかかる。なにもしらずに、かはいや、かはいや。

【一一丁裏】

①ひこ六はあまりにたへかね、なみだながらにまきのすけがそばへかけよると、そのままかたちはきへてうせにける。おみすおどろき、何とて今までありつるおつとのすがた、いづかたへゆかれしや。ふしぎなりとうろうろする。ひこ六、今はつつみがたく、やなせ川にてらうぜきものの

ためにきりころされししだいかたりければ、おみすは、はへとばかりにこへをあげてなきかなしみ、きやうきのごとくあなたこなたへ身をなげふしてたへいりける。ひころくが女ぼうもかつてよりかけいで、これをきてともにかなしみにたへず。ことはりなるかな。このひこ六ふうふのなかに、二人のなんし

②このよふなかなしいことはござらぬ。いつそしんだがましでござろう。

③どふりでゆふべのゆめがきにかかつた。かはいや、その子はちちしらずじや。

【一二丁表】

①ありけるが、あには彦十とて、せいちやうにしたがひ心たけて、さまざまのあくぎやうをなし、大さけをこのみ、けんくは・とうろんをつねとし、はてはかけおちして今ゆくゑしれず。弟のまきのすけ、ほういんかたへほうこうにつかはし、きにいりてじつていにつとめけるゆへ、これをのみすへのたよりとして、うきかんなんのすぎわひをなしくらしたるに、はからずもひごうのさいごをとげ、まことにひころくふうふは、りやうの手をもきとられしここちして、こへのかぎりなきさけびけるにぞ。おみすはこのかなしみにたへかねて、かくごのていに見へけるを、ひころ

くさまざまにいけんし、何とぞこのうへまきのすけがついぜんには、おさなきものをもりそだてせいじんさせ、ちちのかたきをうちとらせ、まきのすけがむねんのもうしうをはらさせんは、何よりまさりてきゆうようならんと、なみだながらにいさめける。

②かへらぬことをくよくよおもつて、びやうきがでてはならぬ。とかくそのごそうめをかたみとおもつて、はやうつれて、てらまいりでもするがよいのふ。かか。

③もふなくな、なくな。といふおれがやつぱりなみだがどふもとまらぬ。

【一二丁裏】

①さて又、しらふじごんとう太は、ふりたにして、まきのすけをうちはたせしが、

【一三丁表】

①そのときほういん、わがめんていを見つけしよふすなれば、さだめしまきのすけをきりころせしはわれ也とさとりたるなるべし。さあるときはごにちのさまたげ、このうへはほういんをもうつてすてんとおもひ、ことさらまきのすけふけうもうけざるやうすは、ほういんなれあひにてお

みすをにがせしものなるべし。かたがたもつていこんやみがたければ、打はたしはらはんとうかがふ所に、ほういんはまいねんゑつちうたて山へさんけいすることとなれば、すでにこのせつそのよういをなし、たて山へしゆつたつせしかば、ごんとう太さいわいの時なりとて、きうにあとをしたひしゆつたつし、みちすがらくもすけどもにきんすをあたへ、かやうかやうのものたて山へさんけいしたり。そのもののかへりをここにてまちうけ、うちころしくれよ。もしなんぢらの手にあまらばば、そのときこそはわれかけむかひてきりころし、けつしてなんぢらにはあやまちさせじと申ける。

②とうざのてつけ、ちよつとしたところがこのくらひのものだ。しゆびよくしあふせたときは、ほうびはしつかり。なんにもやらぬがきいてあきれる。いやこれはしやれだ、しやれだ。

【一三丁裏】

①ほういんまいねんたて山へさんけいしけるが、ことしもそのじせつなれば、しもべ二人めしつれ、さんけいしてかへりみち、いとひ川ととふみのあいだの山中にてわるものども大ぜいけんくはをしかけ、しもべどもをうちたたき、おつちらし、ほういんを

【一四丁表】

①とらへてわきみちへひつこみけるとき、ごんとう太あらはれ、いかにほういん、われこひのいしゆにてまきのすけを打とりたるとき、そのほうわがめんていを見付しゆへ、ごにちのさまたげ、ともにこのよのいとまとらせんと、そのほうがあとをしたひ、このところにまちうけたり。むすめおみすのありかをはくじやうしてくたばれとぞののしりける。ほういんはらにすへかね、まことになんぢはごくあくにん也。われおかせるつみもなく、いこんうくるおぼへもなくして、このところにつけこまれしはまことにさいなんぜひもなし。とてもしなんいのちならば、われ一人はしぬまじければ、なんぢをともにめしつれんとて、ひきぬいてうつてかかるを、ごんとう太ころへたりとわたりあふ。わるものどもはぜんごさゆうよりほういんをうちなやまし、ついにごんとう太つけいりて、なんなくほういんをきりころしける。

【一四丁裏】

①さてもひころくは、まきのすけがわうしにちからをおとし、ひたんのあまりしゆつけ・とんせいをもせんとおもふほどなれど、人々のいさめにこれをとどまり、せめてまきのすけがぼだいのため、かねてしんかうしけるたて山へさんけいせんとて、おみすおや子は女ぼうにまかせおき、ひとりたちいでてゆくほどに、いとひ川の山中にてたそがれにおよび、わらじのひもきれたると

き、ちやみせとみへてひとつ家ありけるにたちより、わらじをはきかへいるに、としのころ十七ばかりのわかしゆちやをくみて出たり。めんてい・かつこうまきのすけによくにたりければ、ひころくふしぎにおもいみとれいたるに、おくより五十あまりのほうし、あづきもちをぼんにのせてもち出、ひころくにすすめける。このほうし、げんかいほういんによくにたるゆへ、ひこ六いよいよふしぎにおもひけるうち、二人のものおくへ入たるままいつこうに出来らず。ひこ六、ほゐなげにここをたちいで、いそぎふもとへおりたちける。

②やれやれ、ふもとへはもふすこしじや。すいつけてまいろう。

【一五丁表】

記載なし。

【一五丁裏】

①かのちやみせのほうし・わかしゆとも、すぎさりし人々にすこしもちがわず、よくにたりけるゆへ、あまりのことにふしぎにおもひみとれゐたるうち、おくへ入て、ふたたびかげもかたちも見せず、ひころくはしばらくまてども、かないに人なきゆへ、せんかたなく、こころをのこしこ

の所をたちさりけるが、道すがらおもふに、たて山にさんけいするものすぎさりし人にあふことありとききたるが、さてはまきの助のゆうこんなるか。それにしてもほういんこのよにあり。まきのすけとともにすがたをあらはせしはがてんゆかずと、ほういんのさいごをしらねばふしんにおもふもことはりなり。

【一六丁表】

①それよりひこ六、たて山へさんけいし、まきのすけのあとをとひ、かへりみちにまたまたいとひ川の山中にて、さきにたちよりたるちやみせをたづねけるにいつこう見へず。すべてこのあたりには家なし。ひころくふしぎにおもひ、よくよくかんがへみるに、大木の松ある所とたしかにおぼへてそれをたづぬるに、ひとつの松の大木あり。されども家はなくて、かたはらに石をつみてとうとなし、しきみのはなをさしたるあり。さと人にあひてこれをきくに、これはすぎしころ、六十ちかきしゆげんじや此所にて何ものにかきりころされたり。所のものどもいたはしくおもひて此所にうづめ、しるしのつかをいとなみしといふに、ひころく、その

【一六丁裏】

①しゆげんじやのめんてい・こつがらをきくに、げんかいほういんにちがひなければ、大きにお

どろき、さてこそわれさきにこのところにてたいめんせし両人は、まさしくほういん・まきのすけのぼうこんなるべし。ほういんここにてころされたれども、まきのすけとあうじのゑんつきねど、まきのすけ、ほういんにしたがひおることとまのあたり見たる。ふしぎさよと、ねんぶつ・ゑかうして、それよりいそぎいづみむらにかへり、このことをものがたりければ、おみすまたまたなみだにくれ、さてさておつとのわうしかなしきうへ、ちちほういんもひごうにはてたまひしとは何ごとぞや。いかなるぜんせのむくひにや。おやにはなれ、おつとにわかれ、何たのしみにいきがひなきいのちなれども、おさなきもののあるゆへにしぬにもしなれず、よくよくの

②たて山のおありがたい御りしやうで、まきのすけはうかんだてあろうぞいの。

③なまなかふたりのしうにあふてきた

【一七丁表】

①いんぐはの身やとなきさけびふししづみいたるが、しばらくありて、ひころくにむかひ、さるにてもふしぎなることあり。御身この所をたち給ひしあくる日はまきのすけのめいにちなるゆへ、あづきもちなどこしらへ、きんりんのひとびとにくようしほとけにそなへたるが、御身も又、そ

の人びとよりあづきもちをすすめられしとは、いかなることやらん。ふしぎなりといふに、ひこ六なみだをはらはらとながし、それにておもひあたりたり。われここをたちて、そのまきのすけ・ほういんにあひたるあくる日のことなり。さてはやどにてくようしたりし御身のこころざし、とどきたるものなるべし。おみすいよいよたまりかねてなきしづみ、このうへはわれもたて山へさんけいし、せめてその人びとのおもかげなりともひとめ見たしと、こへもおしまずなげきける。ことはりとこそきこへけれ。

②のでなをかなしい。あはぬほうがましでござろう。

③おまへさんはおうらやましい。どふぞ、わたしもたて山へまいりたうござります。

④ほんにこの子がなくは、わたしもはやうしんで、ととさんやまきのすけどののいる所へいつて、いつしよにいよふものを。それさへならぬといふは、いんぐはじやわいな。

【一七丁裏】

①ここに、せんねんちちひころくに見かぎられ、家出したりしせがれひこ十は、ますますあくぎ

やうつのり、くにぐにをへんれきし、このごろはかりに六ぶのすがたとなり、ほつこくかいどうをわうらいし、りふじんをこらしてきんせんをうばひとらんとするごまのはいといふものになり、ゑつちうたて山へさんけいするどうしやと見るより、たちまちはなしなどしかけてみちづれとなり、おのおのがたは、さだめしすぎさりし人びとのぼだいのためにさんけいせらるるとおぼへたり。たて山のふしぎにはしんじんしだいにて、お山のうち、ししたるおやにも子にもめぐりあふこと、ありがたき御りやくなり。そこもとがたは何人のためにさんけいし給ふやと、だんだんと

②一百三十六ぢごく、のこらずこのお山にござるげな。ありがたいところじや。そして、ちのいけもろはくといふよいさけがある。われらへかつておふるまいなされ。何もくどくじや。

【一八丁表】

①とひかけ、おやのためといへば、そのおやのとしはい・かつこう、ものによせことにかこつけてききすまし、あるひは、ひとり子をうしなひかなしみにたへかね、せめてざいしやうせうめつのためなりといへば、又その子のとしごろ・なりかたちをとひおとし、さあらばしんじんけんこにしてさんけいあるべし、そのくとくにておのおのがたが心ざしのもうじや、たちまちごくらくへじやうぶつするしるしに、たて山のぢごくだにといふところにて、まのあたりそのもうじやに

あひたまはん。これすなはちぢごくのかしやくをのがれて、ごくらくへじやうぶつするしるしなりとかたりきかせて、うちつれだちける。

【一八丁裏】

①おなじごまのはいのなかまに、ぢそうの石へもんといふものほうしとなりて、あさのころもをちやくし、たて山の山中におのれが名のぢそうだうこんりうとのほりをたてたる。すこしのかやふきのうちに、かねうちならして、さんけいのものにきしんをこひける。かねてしめし合おきたることゆへ、六ぶひこ十はどうしやどもをこの所につれきたり。石へもんほうしにひきあはせ、心さしのかいみやう・ぞくめうをきやう木にしるさせ、さんもつをおさめさせ、そのうへどうしやともをさきへやりてひそかにかの石へもんにささやき、今のどうしやが心ざしのほとけは、としごろはいくつぐらひにて、かつこうはかやうかやうと、さきにききすましおきたるとふりをはなし、あのものとものがけかうのとき、そのとしはいにによりたるゆうれいをこしらへだし給へとて、しめしあひける。

②ぞくめうは、

【一九丁表】

①五太郎兵衛左衛門とたのみます。

【一九丁裏】

①このあたりにおなじわるものなかまよりあひ、じぶんのさいし・おや・兄弟、のこらずゆうれいにこしらへ、ぢぞう石へもん、なんどかちうもんを申きたると、たちまちそのちうもんにによりたるものをゑらみて、しろしやうぞくにかみをみだしゆうれいとなして、そのとうしやどもげかうをまちうけ、ぢごくだにの木かげいはかげなどよりちらちらとそのていをみせかけ、どうしやどもの心をよふわせ、石へもんほうしそのところへ

②きのふのほうそう子のゆうれいに、あかいきものきろにはこまつた。

【二〇丁表】

①つけこみ、ほうじをすすめきしんをすすめ、すのこんにやくのとだましかけてきんせんをむさぼり、みなみなはいぶんする。このものどもがすみけるむらとて、たれいふとなくゆうれいむらとゐめうしけるとなり。

②アイ、四もんいちごう。

【二〇丁裏】

①さてもしらふじ権藤太はほういんをうちはたしてより、なにとやらそこきみわるく、あかまつのしゆくをしゆつほんし、それよりしよしよをへんれきし、たくわへしきんすもつかひはたし、さまざまのわるだくみをなし、このほどは身のおきところなく、すこしのしるべをたよりに、たて山のゆうれいむらにきたり。ぢそうの石へもんほうしのところにせわとなり、ぶらぶらとあそびくらしける。

②きさまもこれからおれがでしになつて、ちとゆうれいに出て見さつしやい。あそんでいてはつまらぬちや。

③どふぞ、このへんにおとこめかけのくちはあるまいかの。

【二一丁表】

①石へもんほうしがちうもんにあひたるもの、すぐにゆうれいとなり、ぢごく谷・さいのかは

ら・つるぎの山などのいわかげより、そのどうしやどものめにかかるよふにすがたを見するゆへ、どうしやどもあはれをもよほし、石へもんにゑかうりやうなどをかすめとられける。

②あれあれ、わしがむすめが出た。どうやらしんでからふとつたやうしやわいの。

【一二丁裏】

①さて又おみすは、ひころくが、ちちほういんとまきのすけにあひたるはなしをききしより、しきりになつかしく、何とぞ、われもたて山へさんけいし、なきひとびとのかほひとめなりとも見まほしく、もつとも女はとうざんおぼつかなしといへども、ふぢはしといへるあたりまではゆかるるよし、さあらばたて山へおもむかんといふ。ひこ六ふうふこれをとどめ、わかき女中のことさらおさなきものをつれてひとりたびは心づかひなり。よきみちづれをまちて行給へといふに、おみすは

②おみす・ぼう、あばヤア。

③すいぶんまめでころんだらおきてござれ。いぬのくそをふんだなら、えんりよなしにふかつし

やれ。

【二二丁表】

①ききいれず。ぜひぜひ一日もはやくさんけいしておや・おつとにあはんと、しきりにそのしたくをなしけるゆへ、せんかたなく、とめてもとまらねば、ひこ六そのこころねをおもひやり、女ひとりはやられずとまたまたひこ六つきしたがひ、一子をつれてしゆつたつしける。きんりんのひとびとむらざかいまでおみすを見おくり、いづれもなみだをながしてわかれける。

②どなたもおたつしやで。やがてめでたうおめにかかりませう。おさらば、おさらば。

③かかひとりのこしてゆくがきにかかる。なんまいだ、なんまいだ。

【二二丁裏】

①おみす・ひころく、その日はいとひ川のしゆくにとまりたるに、夜ふけて両人のゆめのうちに、石をつみかさねたるとうのごときものまくらもとにあらわれたるが、たちまちこの石のとうのうしろより人のこへして申けるは、われげんかいほういん也。たて山のかへるさこの山中にて、し

らふじ権藤太がためにうちはたされ、ところのものどもわがしがいをうづめ、しるしに石をつみてとうのかたちをいとなみたり。さきだつてひころくさんけいのせつ、さいわいとまきのすけにいひあはせ、ひころくがあしをとどめてたいめんせしも、われ今よになきことをしらせんがためなり。このたびおみすこのちにきたることさいわいのことあり。われわれがかたきしらふじごんとう太、このほどよりたて山にきたり。ゆうれいむらといふところにあり。

②アー、よいさけだ。もふひとつかさねませう。アー、ウー、ムニヤ、ムニヤ、ムニヤ。

【二三丁表】

①何とぞしてなんぢらかたきをうち、われわれがむねんのもうしうをはらさせくれよといふかとおもへば、そのことのみみにのこりて、ゆめはあへなくさめたりける。

【二三丁裏】

①ひころく・おみすはふしぎのゆめのつげに、さてはほういんのうたれたもふもごんとう太がわざなるや、今たて山のゆうれいむらといふにしのびいることこそさいわいなり。何とぞ手だてをもつてうちとらんといそぎたどり行みちすがら、ふな見といふところの山中にて、ひころくちや

みせにわすれものしたりとて、道のほど一、二てうも行すぎておもひいだし、ひこ六いそぎとりにもどりしあとにて、おみすおさなきものにちをのませまちあはせいたる所に、六部一人とふりかかり、おみすのひとりいたるを見て、ぜんごに人もなし。はなしなどをしかけそばにたちよると見へけるが、くびにかけたるさいふのひもを見つけ、ろようをうばひとらんとて、

②イヤ、こいつ、まんざらでもない。しかし、がきめをつれてけつかるからは、

【二四丁表】

①手ごめにするを、おみすはかなしくさまざまにわびけれどもせうちせず、むたいにろようきんせうせうをうばひとりける。

②ていしゆめとみちゆきだな。いやらしいやつらだ。

③ろようもわたしはもちませぬ。そこ、はなして下さりませ。

【二四丁裏】

①かかるところへひころくはせもどり、らうぜきものめとひきのけんとしたるとき、六ぶのきたるかさのひもとけておちたるにぞ、たがひに見合すかほは、とし

②イヤ、もふあやまりいりました。こんなにへこんだことは、いつしやうにおぼへません。

【二五丁表】

①へだたつても見わすれがたきおやこのゑん。せんねん家出したりしひころくのせがれひこ十なり。ろくぶ、ちにふしてあやまり入たるていに、ひころくはなみだながら、そのほうわがかたをしゆつほんせしより今においてあくとうやまず。かたちにもにあはざるこのていはぢうぢうのふとどき、いたしかたあるやつなれども、此たびはたすけとらすべし。そのかはりたて山までめしつれゆくべしとてさまざまいけんし、さいわいかたきごんとう太をうちとらんと、心はやたけにおもへども、わかき女にあしでまといのおさな子といひ、われはらうじん也。けつきのごんとう太に出合たりとも、もしかへりうちにならんはこのうへのざんねんなり。せがれひこ十にめぐり合たるこそさいわい。今のつみをゆるしめしつれて、まさかのときのちからとなさんと、だんだんのいりわけ、かたきうちのしだいものがたりければ、ひこ十ききて、それこそはたやすきこと

なり。

②おのれはおのれは、エエ、どふしてくりやう。はらのたつ。ふこうなやつほどふびんでなみだがこぼれるが、くやしいわい。

【二五丁裏】

①われ、ゆうれいむらをせんさくし、おのおのにうたせ申べしとて、ごんとう太のとしごろ・めんてい・かつこう、くはしくききとどけ、やがてたて山にいたり、かの石へもんほうしに、かやうかやうのちうもんによくによりたるゆうれいを出し給へと、ごんとう太がめんてい・としごろをそのままにはなし、このゆうれい、しゆびよくしあふせたらんときは、いつかどのかねもふけとなるべし。せしゆはいたつて大きんをしよぢせしやうす也。ずいぶんよくちうもんにあふものをせんぎしていだし給へとやくそくし、ひこ十、ひこ六・おみすにおいつき、もはやほんもうとげ給はん。げかうのとき、ぢごくだにに心をつけ給へとて、やがてぢごくだににいたり、かならずかへりにはこなたのいわかげより、そのかたきあらわれ出べしとかたりける。

【二六丁表】

①石へもんほうしは、六部がちうもんに、なんでもかねもふけせんと、ゆうれいどものあつまりいるところへかけきたり、としのころ三十二、三のおとこ、やせがたちでまなこ大きく、ほうぼねの出たゆうれいがいりようなり。きさまがどふやらにたやうなれども、はなひしやげで、ぢごくでかさをかきましたともいはれまい。あちらの男、ほうぼねの出たところはよいが、みみのきはにたんこぶがぶらさがつているからはじまらぬ。はてたれがよかろかれがよかろと、いろいろせんぎすれども、いつこうによりたるものなし。石へもんしばらくかんがへ、いや、あるぞあるぞ。われらのところのいそうろうがこのちうもんにちつともちがはぬ。これはきめうと、やがてごんとう太をたのみ、ゆうれいにこしらへける。

【二六丁裏】

①ごんとう太は、おのれがめんてい・かつこう、そのままにちうもんせられ、それとも心つかず、せはになる石へもんがさしづに、せんかたなく、しろきひとへものをちやくし、ぢごくだににいたり、六部のあいづをまちいたるに、六ぶはやがて人びとをともなひ、げこうしてぢごくだににへきたり。それとあいづをなしけるに、ごんどう太は、おみすかさをかふりいるゆへ心つかず、むかふの岩かけよりあらはれ出たるところを、ひこ十はやくもうしろへまはり、ごんとう太のくび

すじつかんで、おのおのがたのかたきといふはこれなるかといふに、おみすひとめ見て、いかにもそのものこそしらふじごんとう太なり。ちちのかたき、おつとのあだ、おもひしれやと、ふところにようゐのたんとうをぬきはなして、かけむかひける。

【二七丁表】

①こいつはとんだめにあはせる。ほんとうのゆうれいだときへてしもふところだが、しろうとのゆうれいだけなんにもならぬ。人ごろし、人ごろし。

【二七丁裏】

①このときひこ十は、ごんとう太をひつつかんでなげおとし、かたきをうたせんとかせいしけるところに、おなじゆうれいむらのなかまのものここかしこにいて、このていを見るより、そりやけんくはよ、ゆうれいなかまにひけをとるなとおひおひにはせあつまり、ひとびとをおつとりまき、ごんとう太にちからをあはせけるゆへ、ひこ十いかつてしやくじやうおつとり、たせいのなかをかけまはりたたきたつれは、ゆふれいどもさんざんにうちたをれ、なかにもきづをかうむるもあり。ついにかなわず、みなばらばらとにげうせける。

②ヲヤヲヤろくぶさん、そこをはなしてくんねへ。さりとは、わりいしやれだぞ。

③どつこい、しめた。イヤ、しめられた。

【二八丁表】

①おのれら一人ものこさずうちころして、ほんとうのゆうれいにしてやろう。

②どつこいそふはいかぬ。やすくするな。ほんまのゆうれいとちがつて大めしをくうおとこだ。それも三どづつさかなをつけて、たいへいらくじやあねへ。うそならおらがうちへきて見ろ。おれはさきへいく。

③あいた、あいた。

【二八丁裏】

①おやぶん、じうわりとたのみます。

②アー、いたい、いたい。おいらがこんなにきられ、かかしゆが見たらさぞなけくであろう。それがふびんだ。

③それよりか、おれはもふたすかるまい。おれがしぬぶんはいとはぬが、かかあをごけにするがかはへそふだ。あれもじきに

④うれしや、しとめたそふな。よいきみ、よいきみ。

【二九丁表】

①外のていしゆをもつよふな心だとあんじはせぬが、大かたごけをたてるだろふとおもへば、それがふびんだワアイワアイ。ごんとう太はおもひがけなくおみすに出あひ、まことのまるごしにてはものはなし。ぬけつくぐりつにげまはるうち、ひこ十、ゆうれいどもをおつちらし、かけよつてごんとう太をしやくじやうにてたたきふせけるとき、おみすはとびかかりて、女ながらもおや・おつとをおもふいちねんりき、岩をもたをす。きつさきするどくつきとをされ、ごんとう太は七てん八たうもだへくるしみしししたりける。

②おもひしつたか、おもひしつたか。

【二九丁裏】

①所のもくだいよりいさい御ただしのうへ、おみす・ひこ六に御ほうびを下されける。まさにおみすがかうしんていせつ、てんとうもあはれみ給ひけん。又、たて山の御りやくにや、さしもに手ごはきごんとう太をおもひのままにうちとり、ほんもうをたつしける。又、ひころくこと、せがれまきのすけがしゆじんなればと、まづしき中にてこれまでのきどくなりと、御ほうびの御ことばをかうむり、めんぼくをほどこしける。此とき、ゆうれいむらのわるもの共もみなみなおひはらはれける。まことにたて山は日本一箇の霊場なれば、てんじゆふしぎのれいおうもあるべきなれども、ししたるもののこの御山にあるべきやうなし。されどほういん・まきのすけがひこ六にあひたるは、これこそまさしくまさしく、そのぼうれいのあらはれたるにて、

【三〇丁表】

①たがひにいかんのじやうをおこし、しぜんとそのきのここにがうかんして、そのふしぎをなしたるなるべし。

②さてさて、女にまれなるはたらきのよし、ういやつ、ういやつ。

③そのくせめんかもよいできでこさる。エヘン、エヘン。

【三〇丁裏】

①おみすはこけうへたちかへり、御ほうびのきんすをもつてでんはたをかいもとめ、一子まき三郎をかとくとして、ひこ十とひこ六をこうけんとしあんらくにくらしける。こうしんのとく、めでたしめでたし。千穐万歳、大々叶。

②これからぼうは、おとなしくせねばならぬぞや。

③おめでたうござります。

④楯山霊験記《たてやまれいけんき》　全一冊

これも、御りしやうのかたきうちなり。近日出来

⑤文化丁卯　正月編
同　戊辰　初春出
十返舎一九戯者

【裏表紙】
茂木氏
明治十七年　十月求之
飯塚氏

表紙

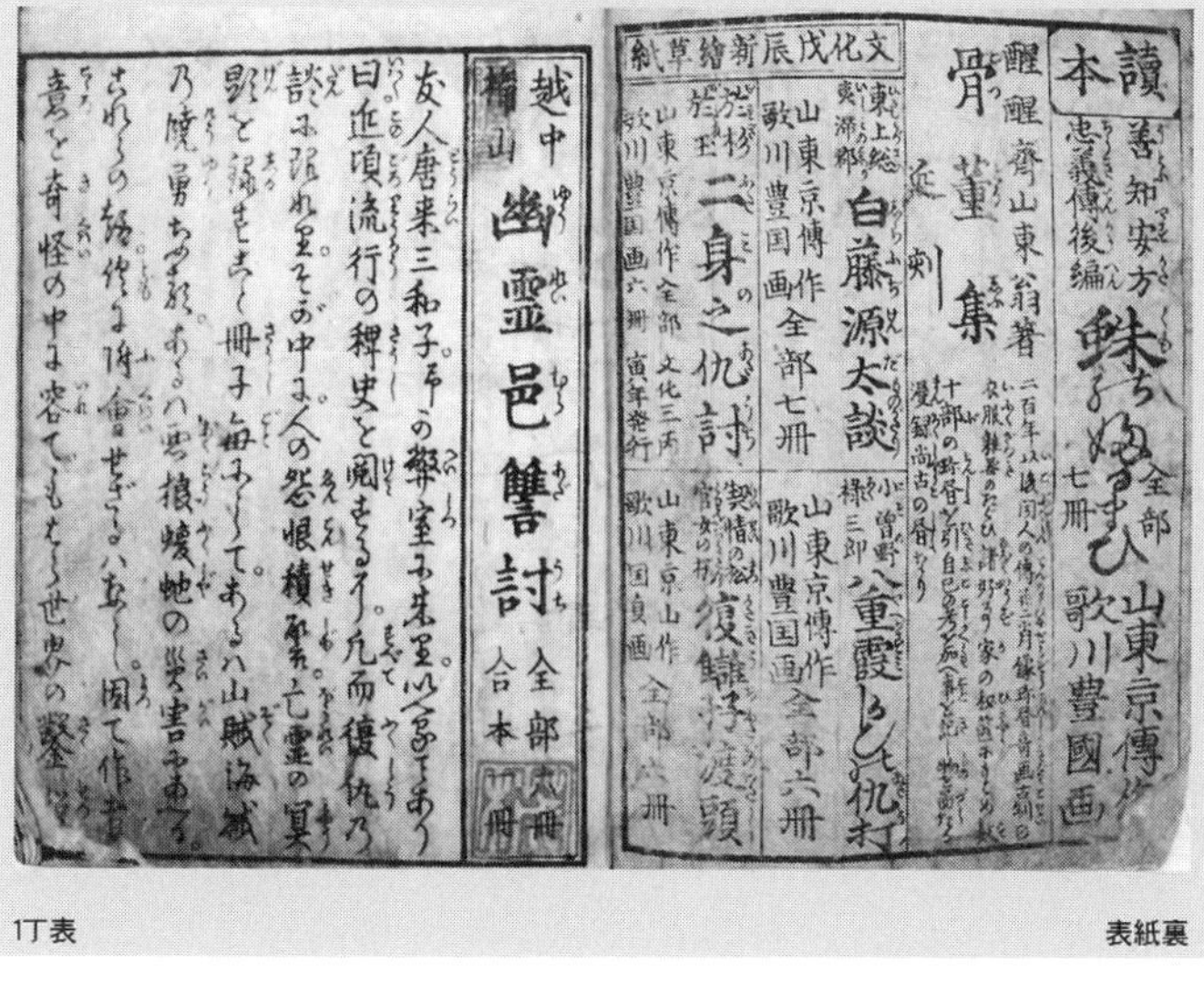

1丁表

表紙裏

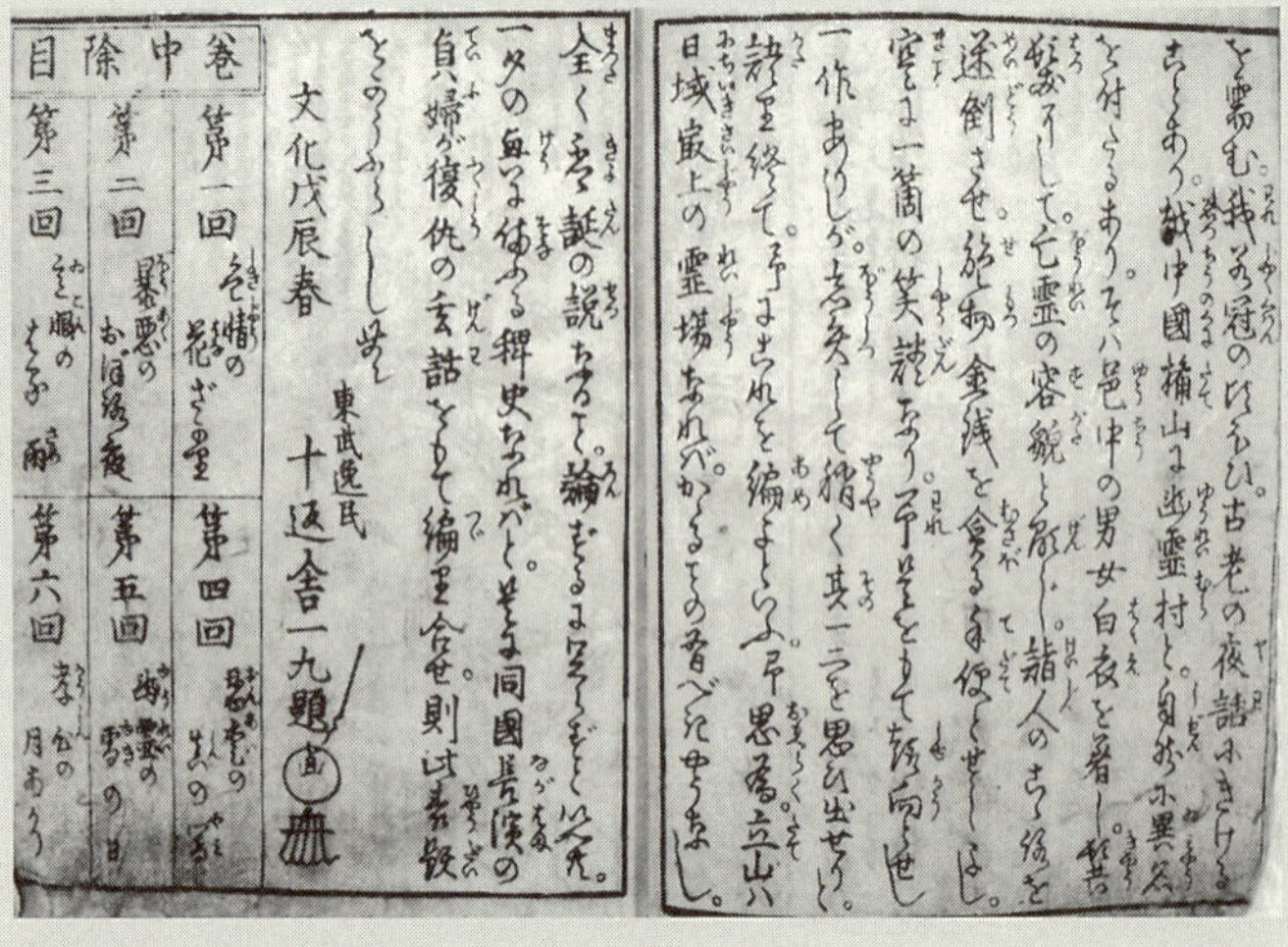

2丁表　1丁裏

3丁表　2丁裏

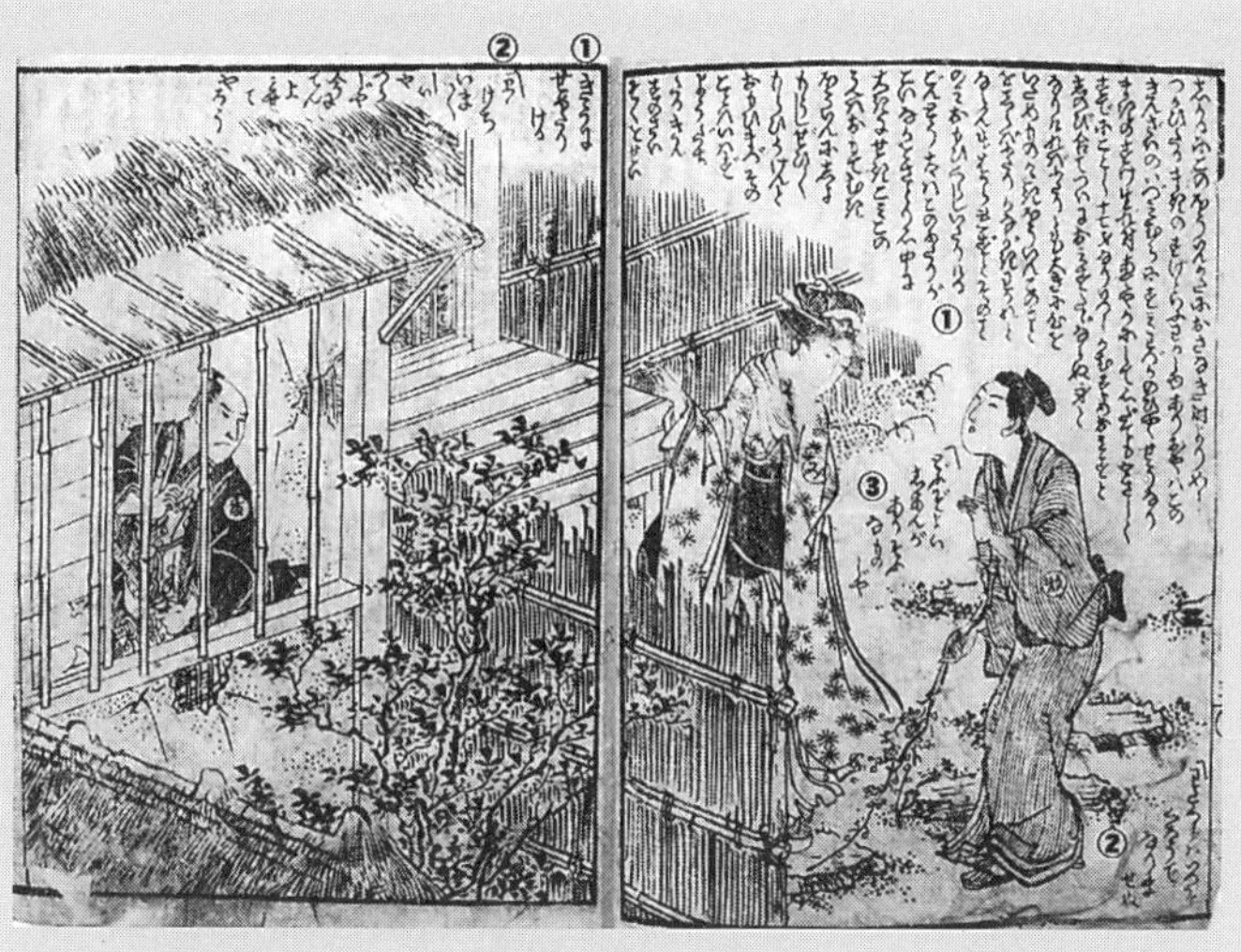

4丁表　3丁裏

5丁表　4丁裏

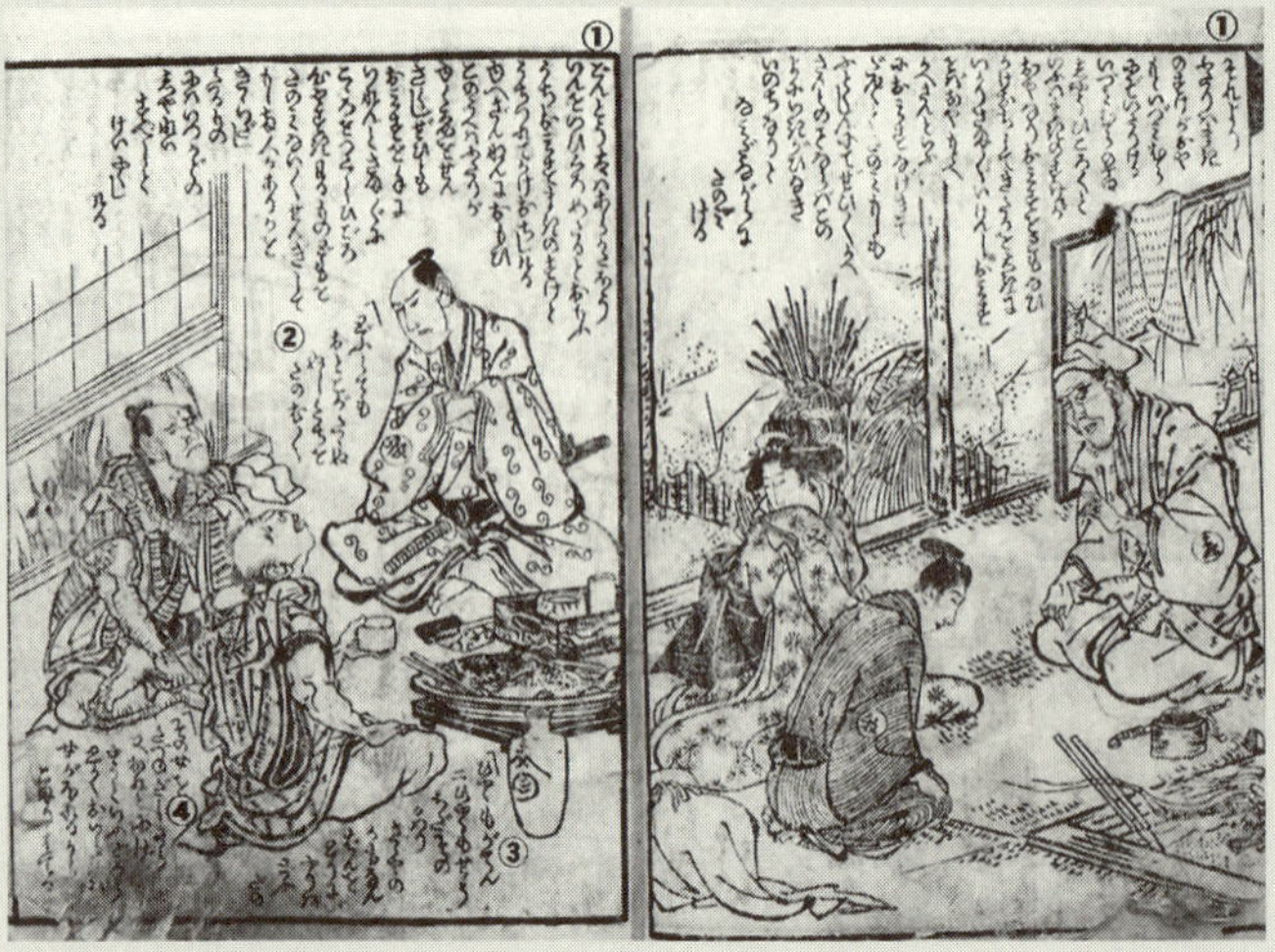

6丁表　　5丁裏

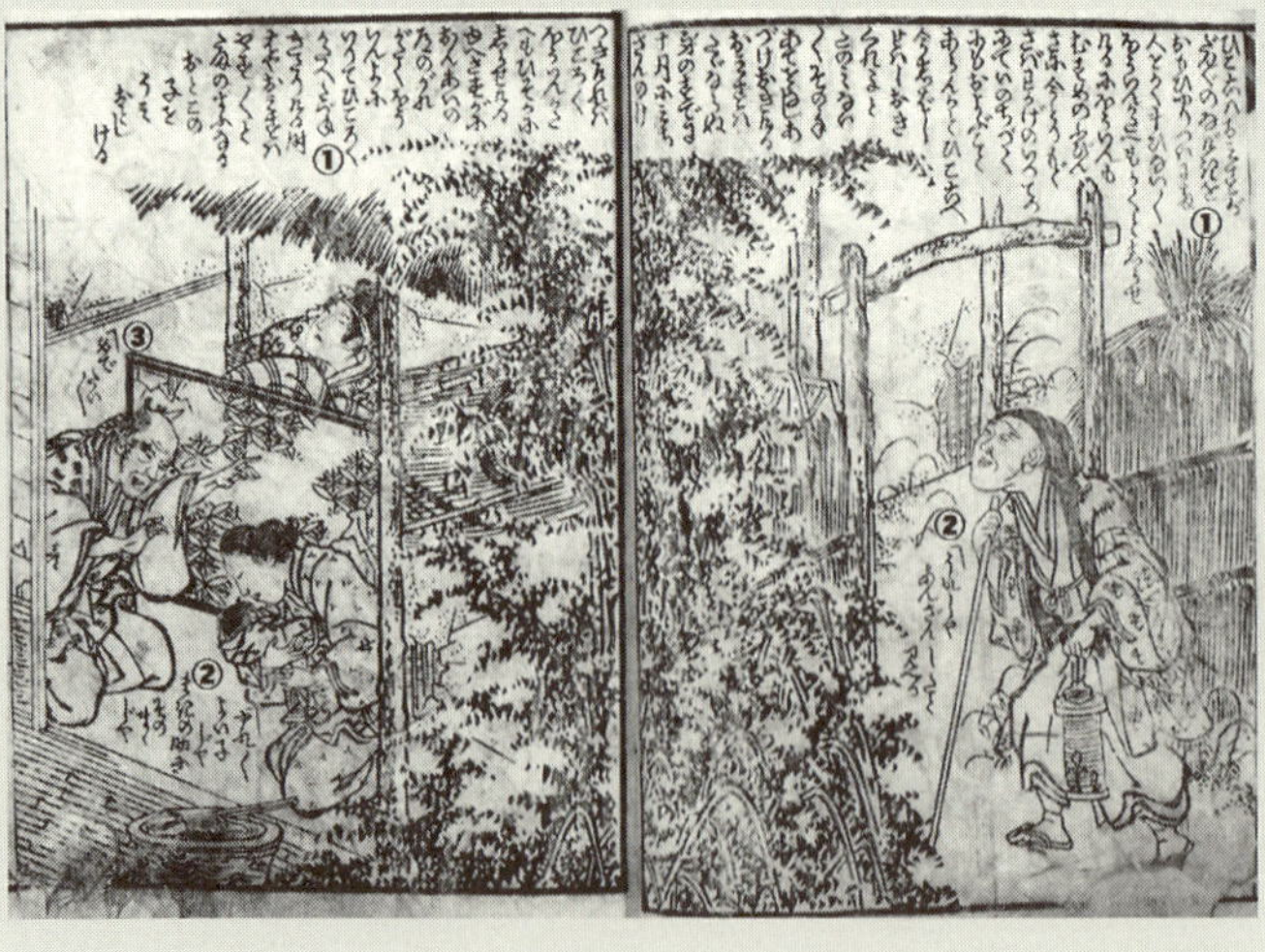

7丁表　　6丁裏

8丁表　　7丁裏

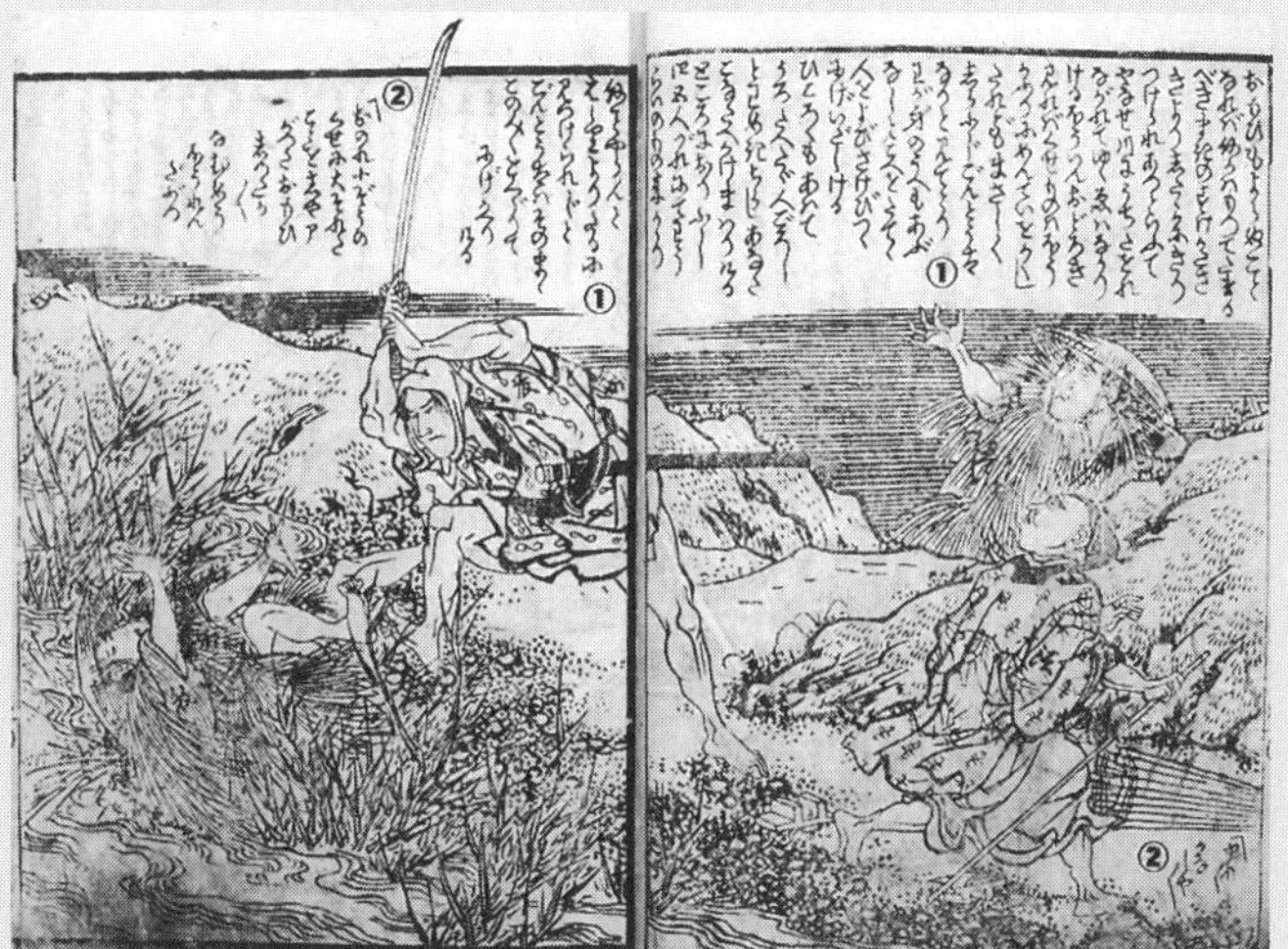

9丁表　　8丁裏

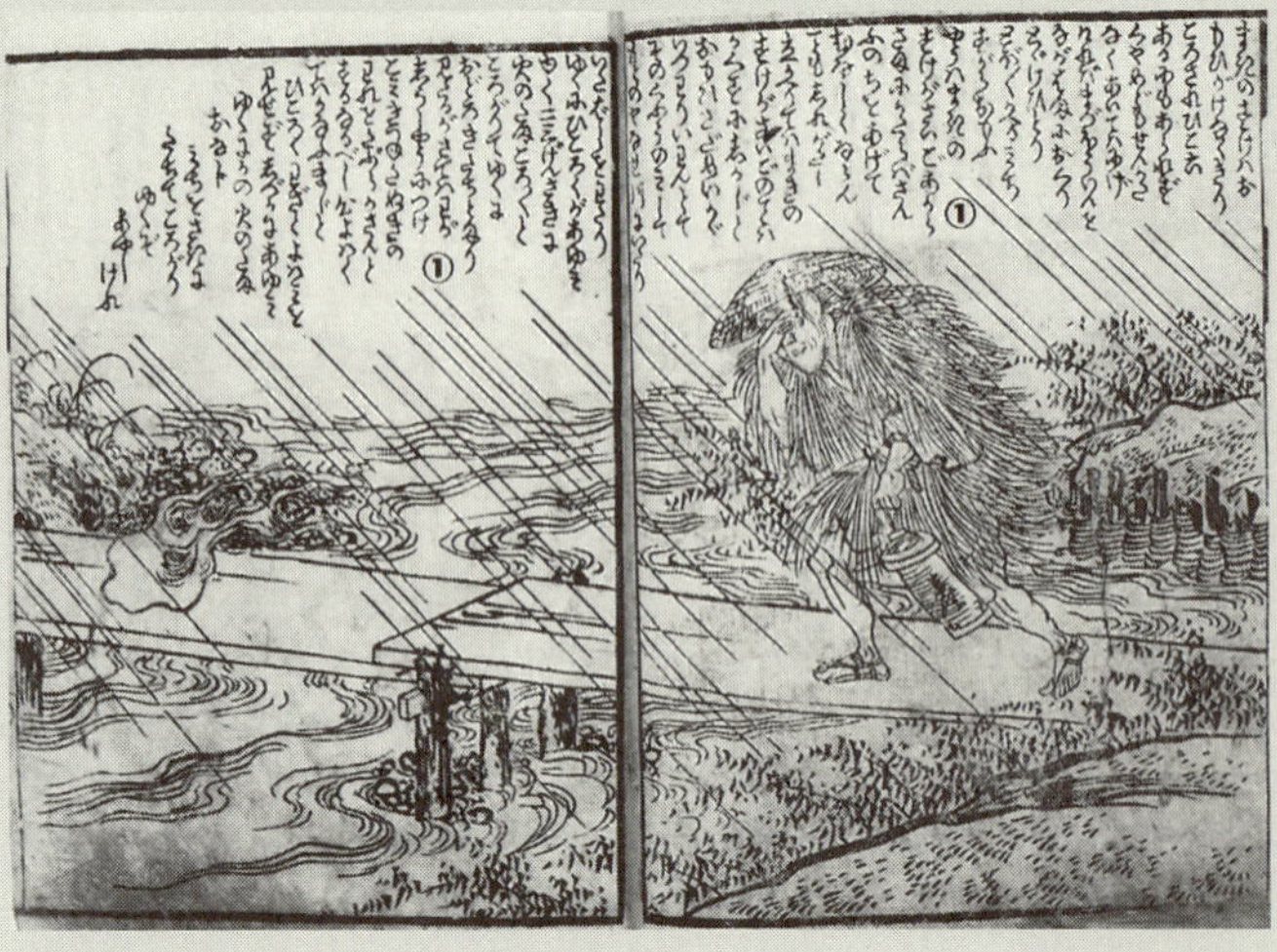

10丁表　9丁裏

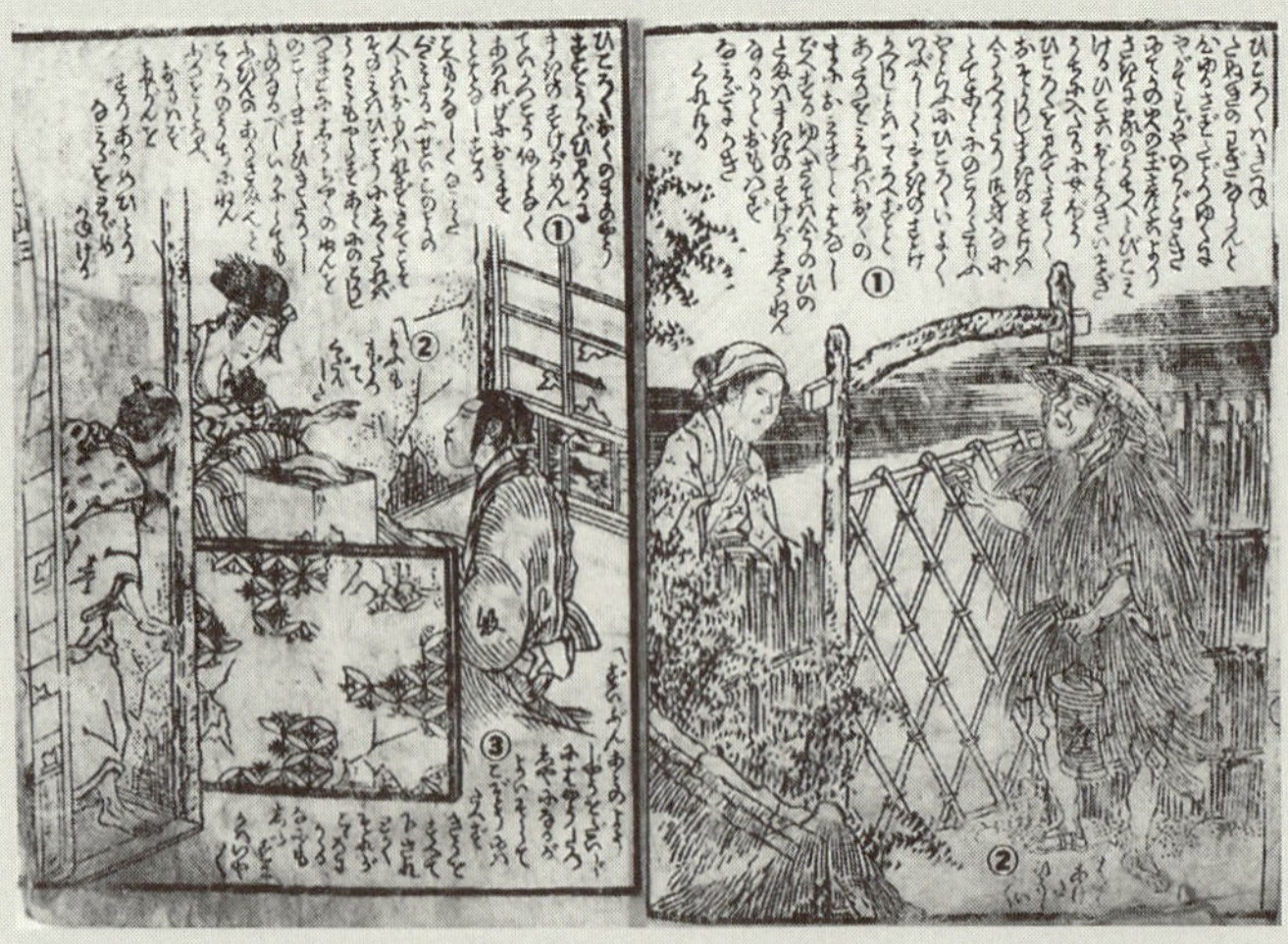

11丁表　10丁裏

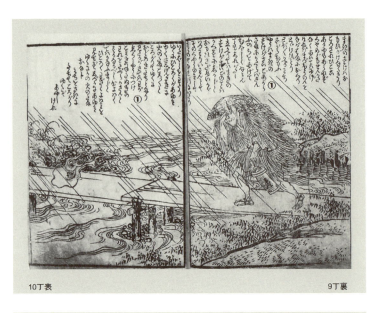

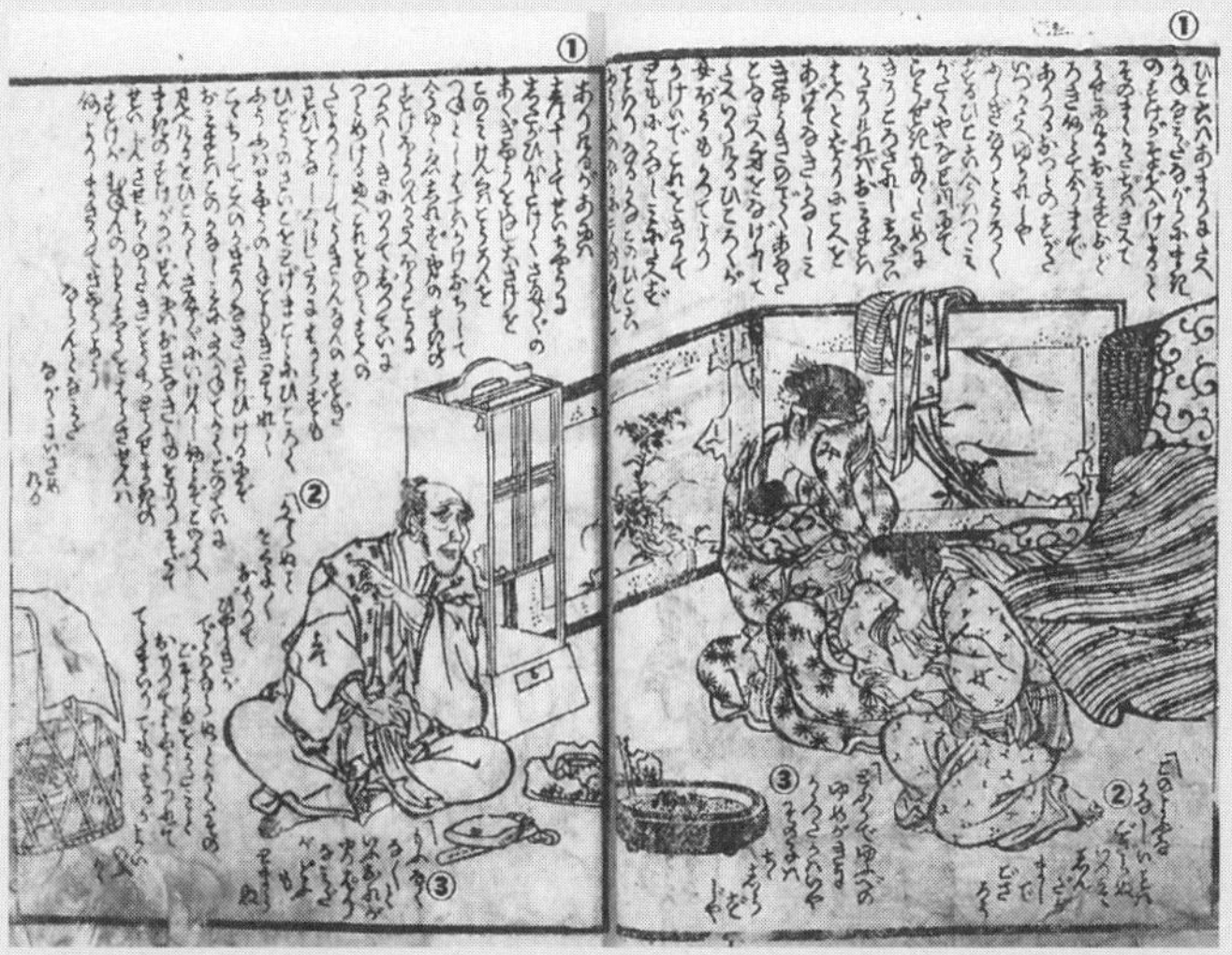

12丁表　11丁裏

13丁表　12丁裏

14丁表　　13丁裏

15丁表　　14丁裏

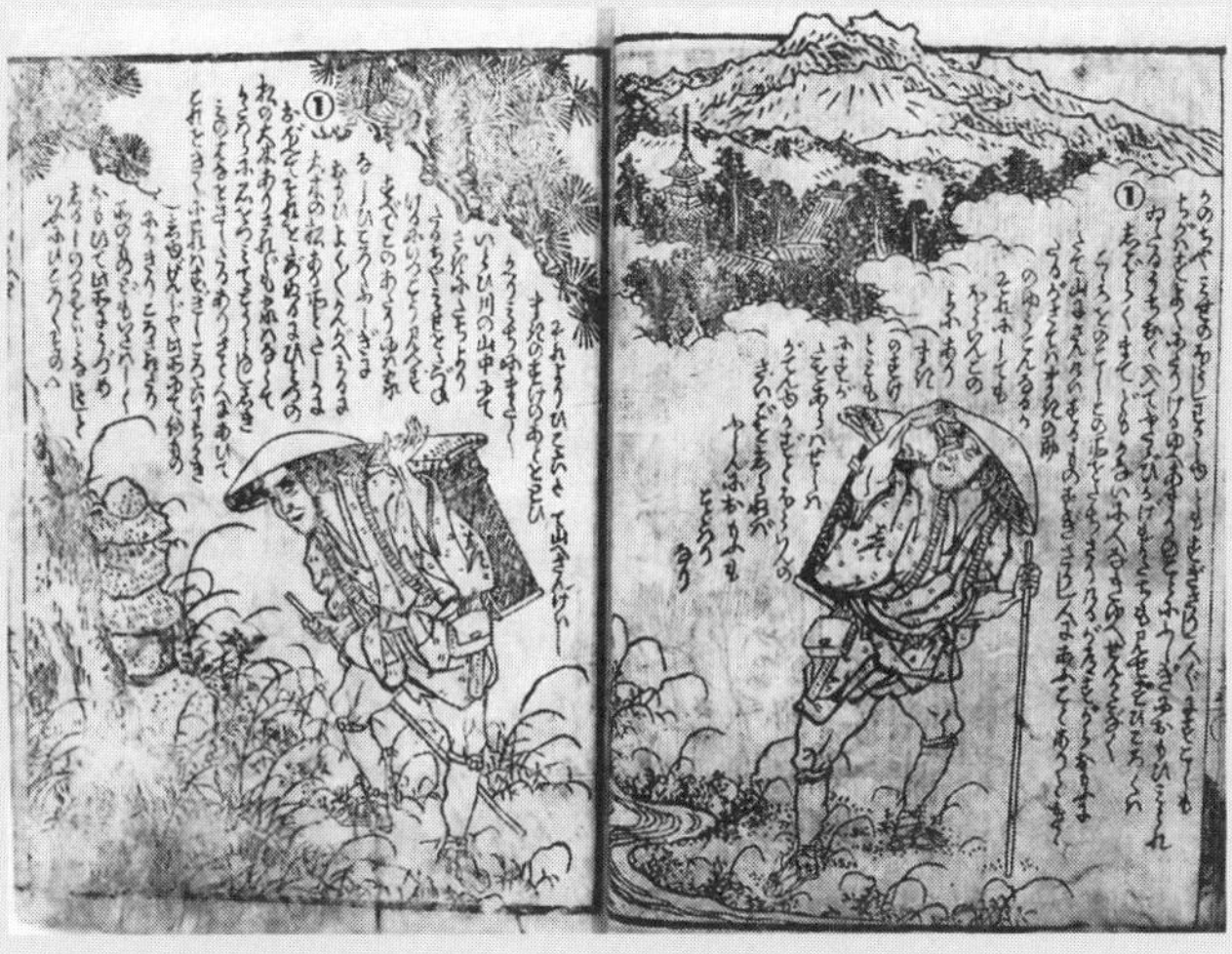

16丁表　15丁裏

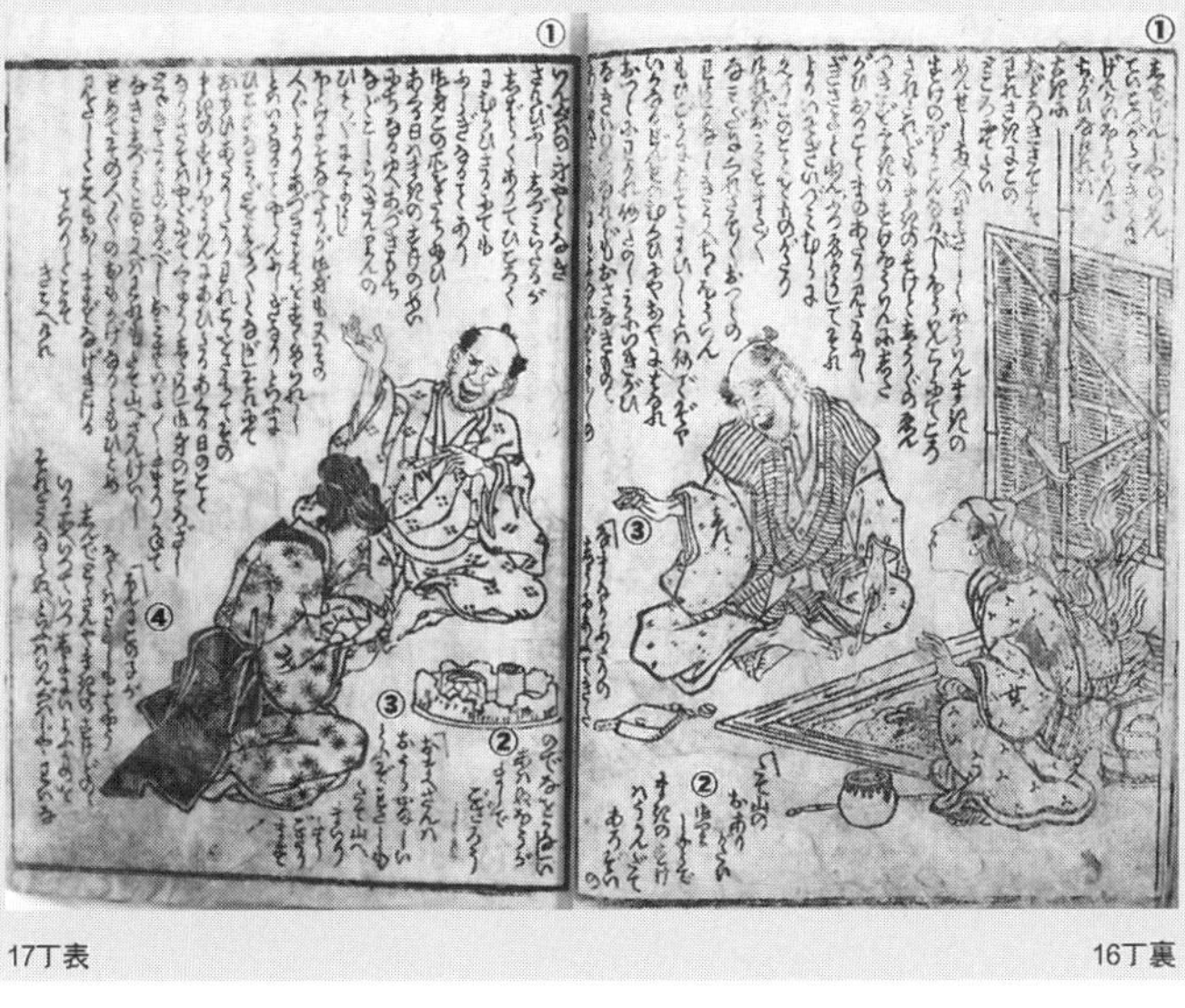

17丁表　16丁裏

18丁表　17丁裏

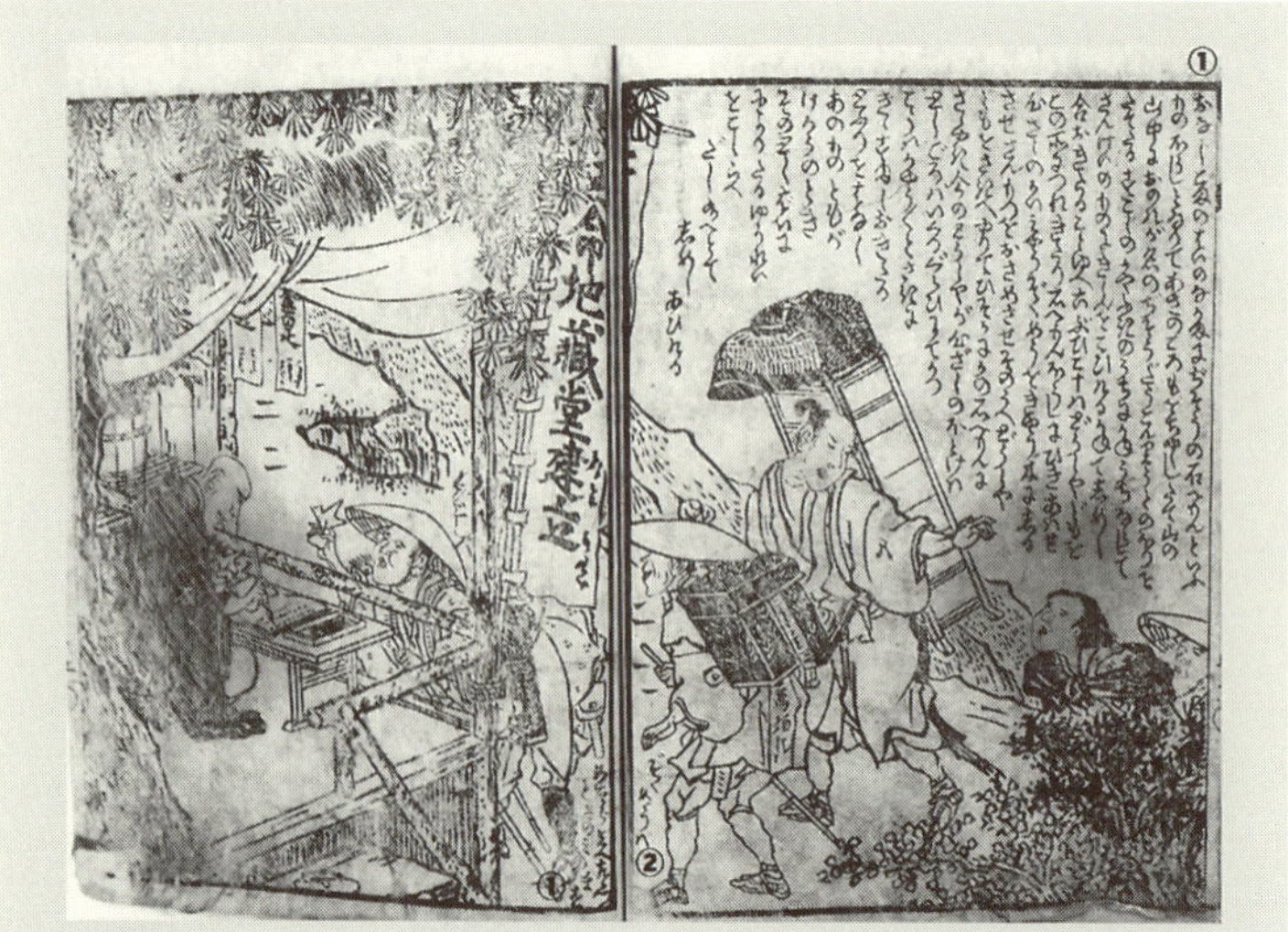

19丁表　18丁裏

20丁表　19丁裏

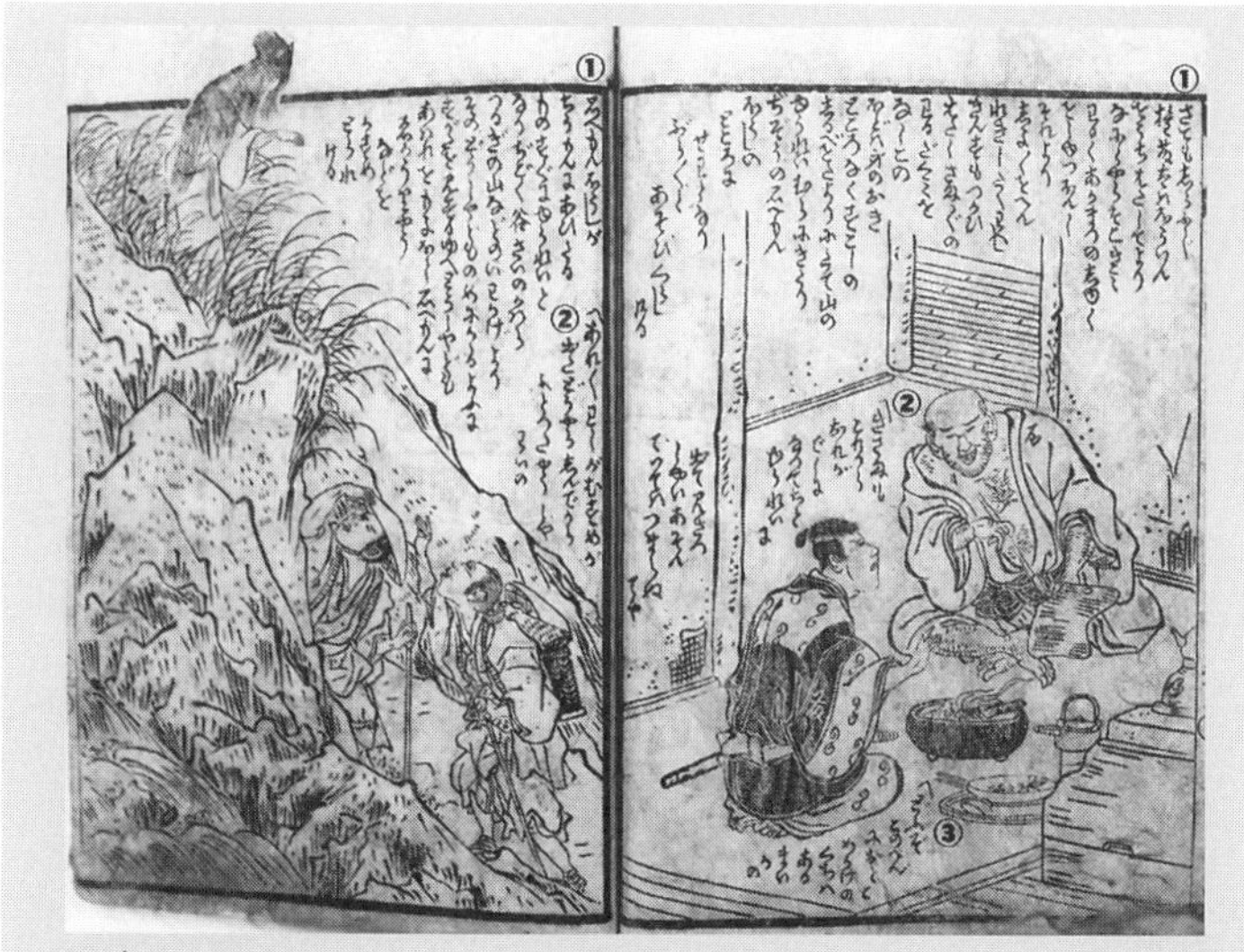

21丁表　20丁裏

22丁表　21丁裏

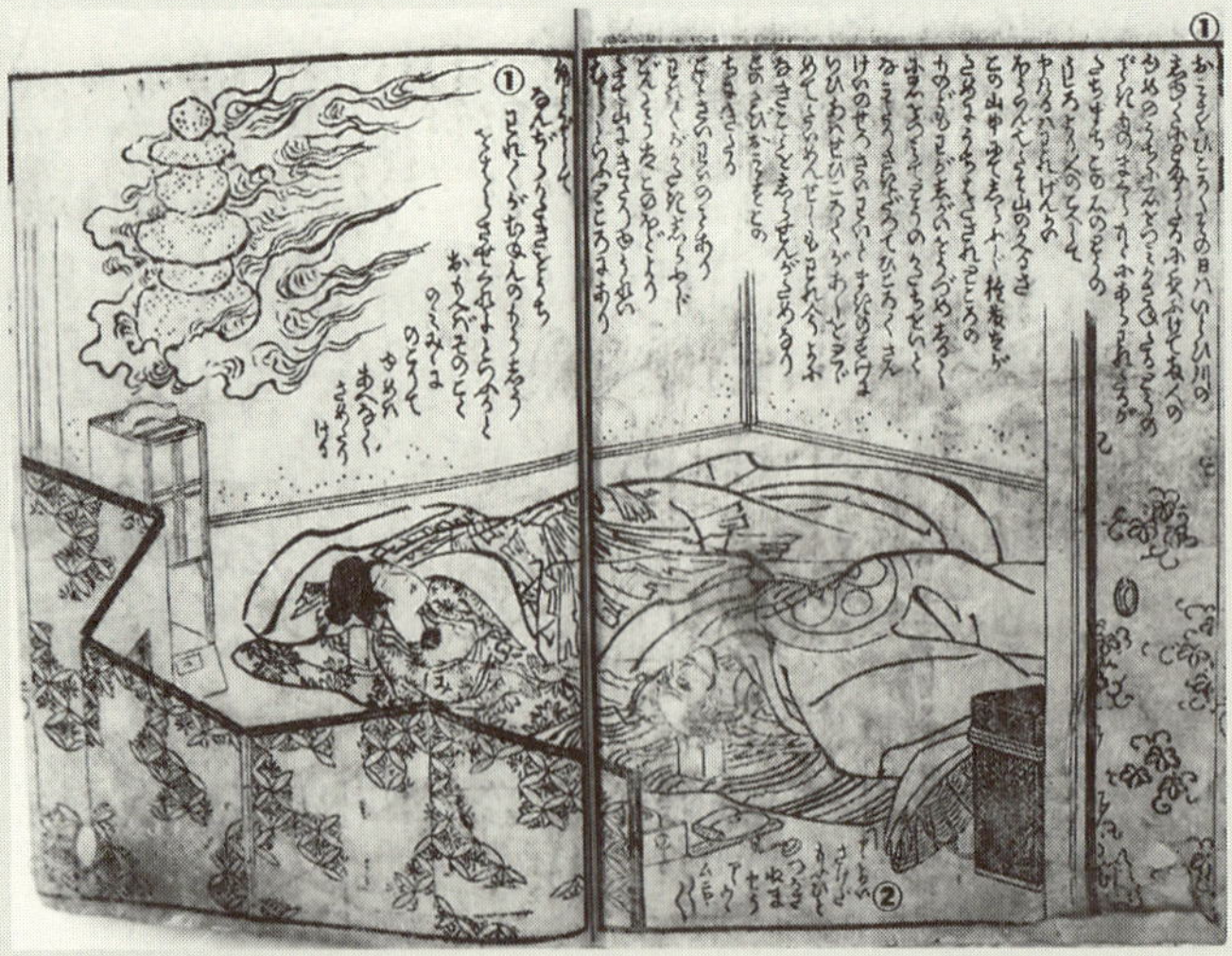

23丁表　22丁裏

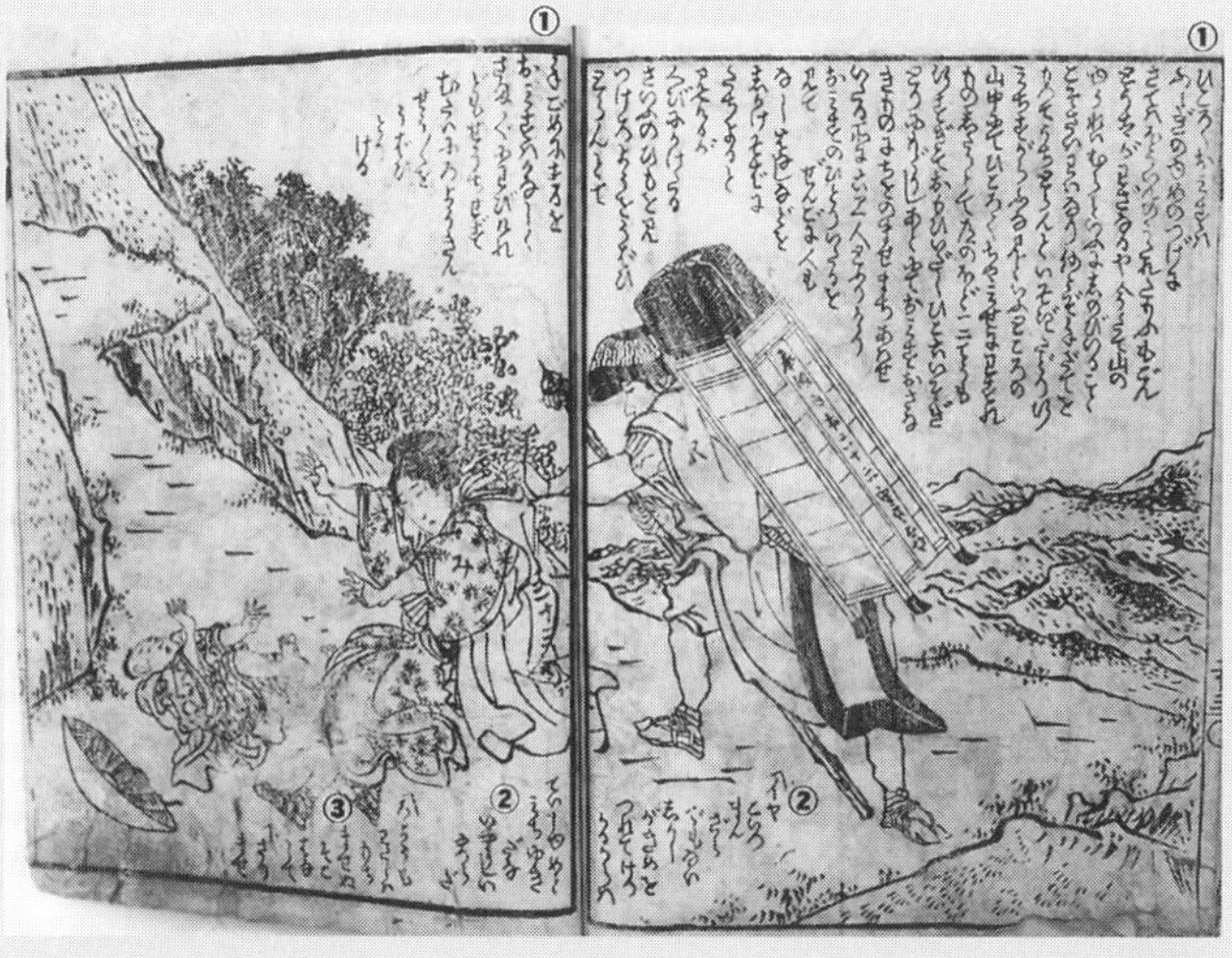

24丁表　23丁裏

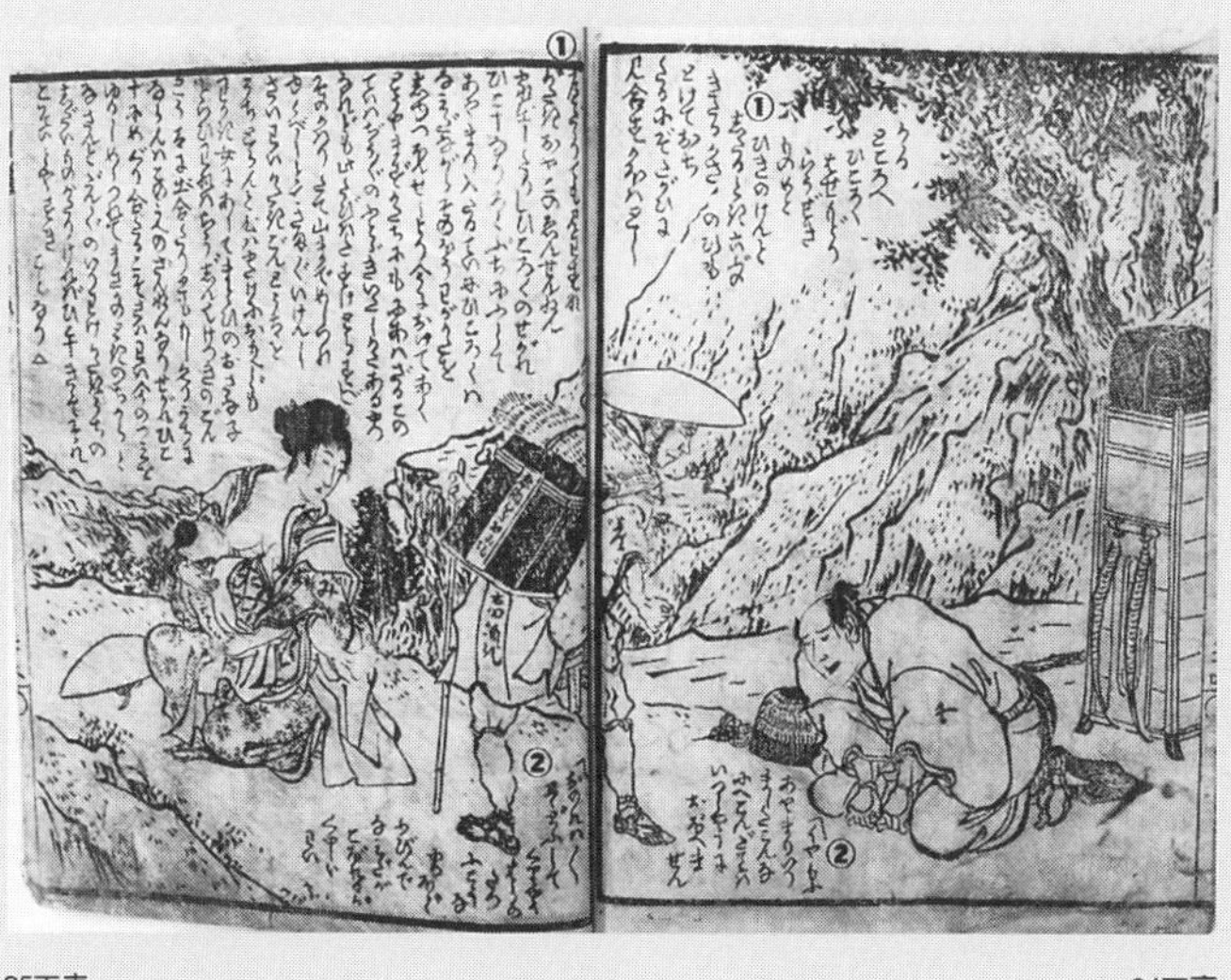

25丁表　24丁裏

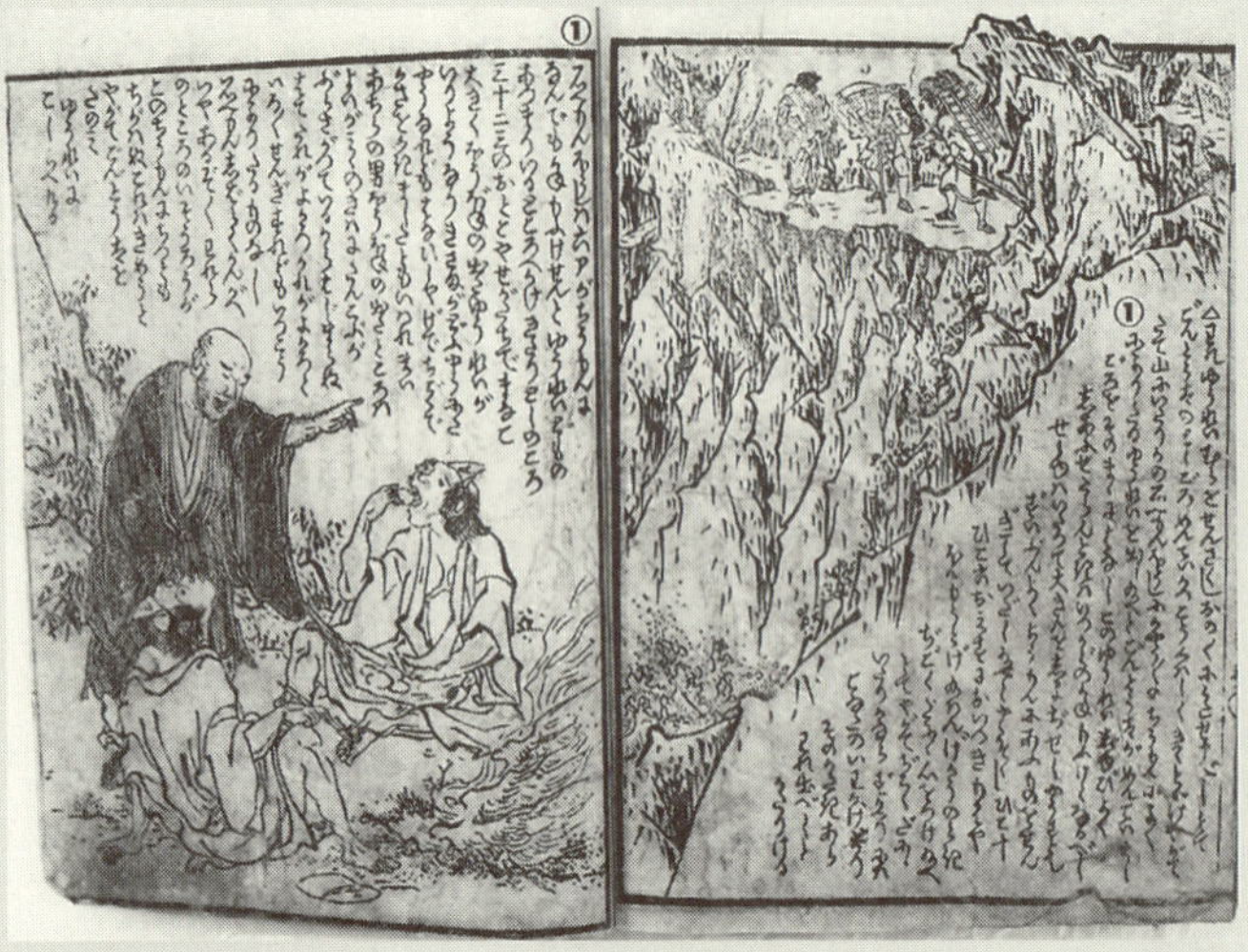

26丁表　25丁裏

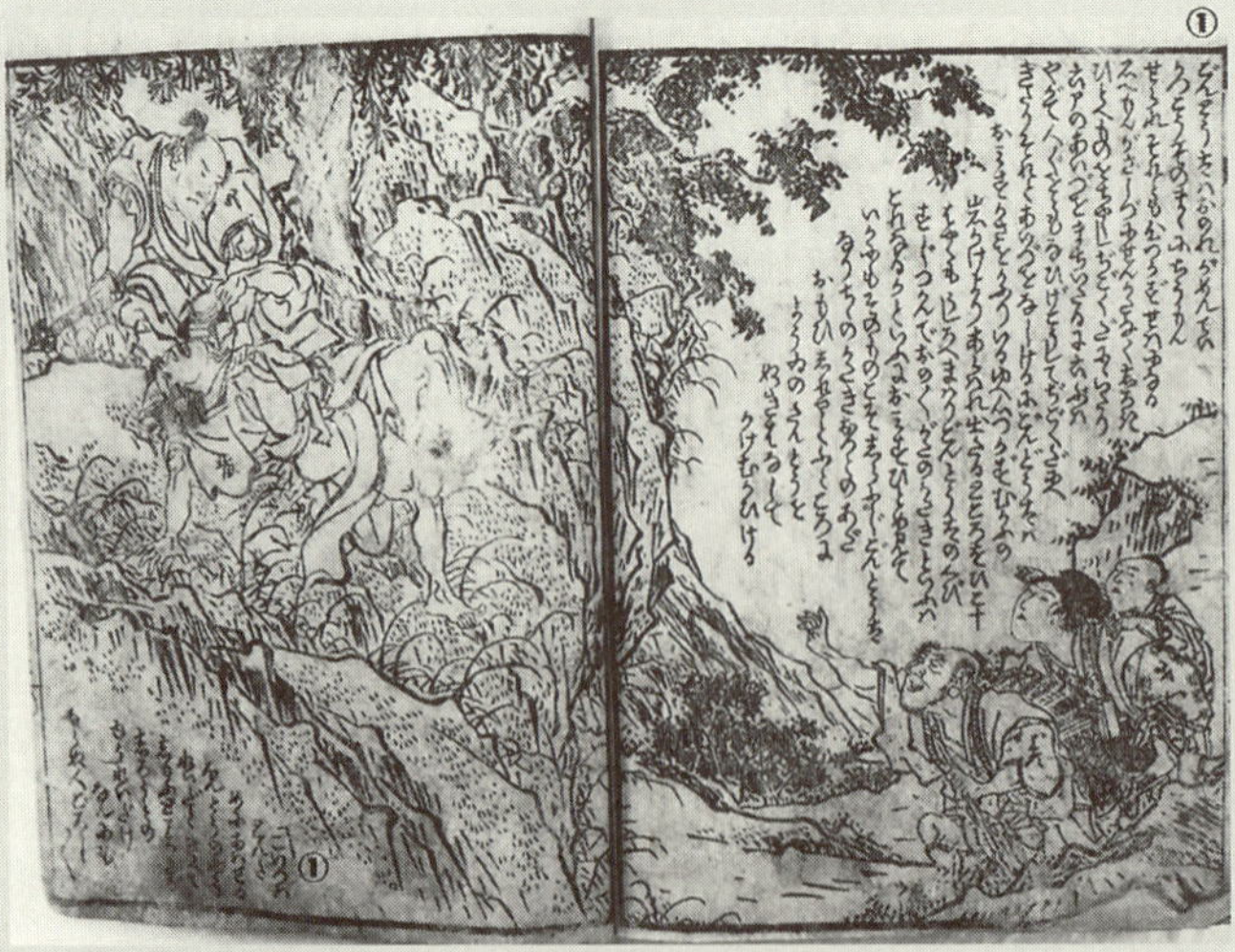

27丁表　26丁裏

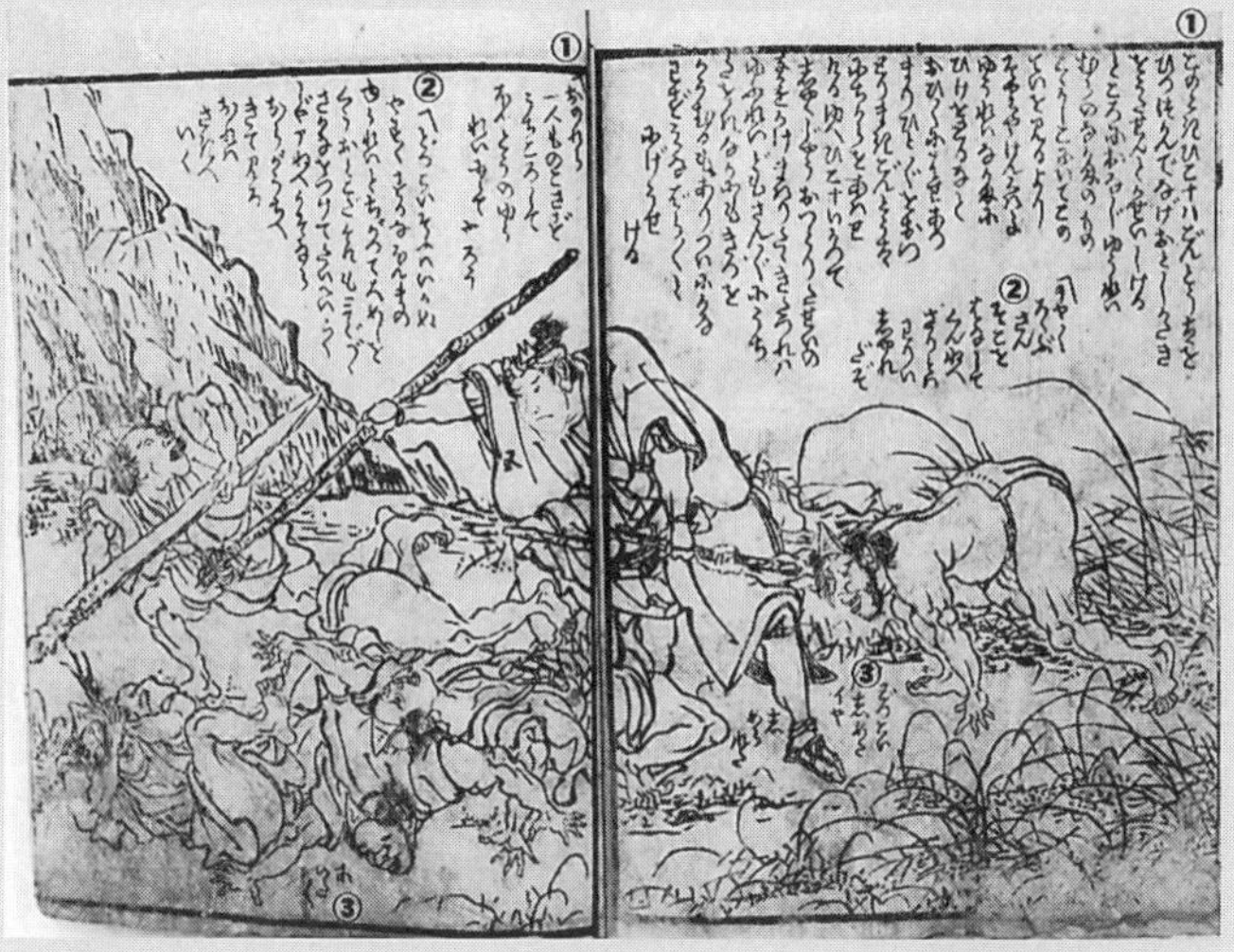

28丁表　　27丁裏

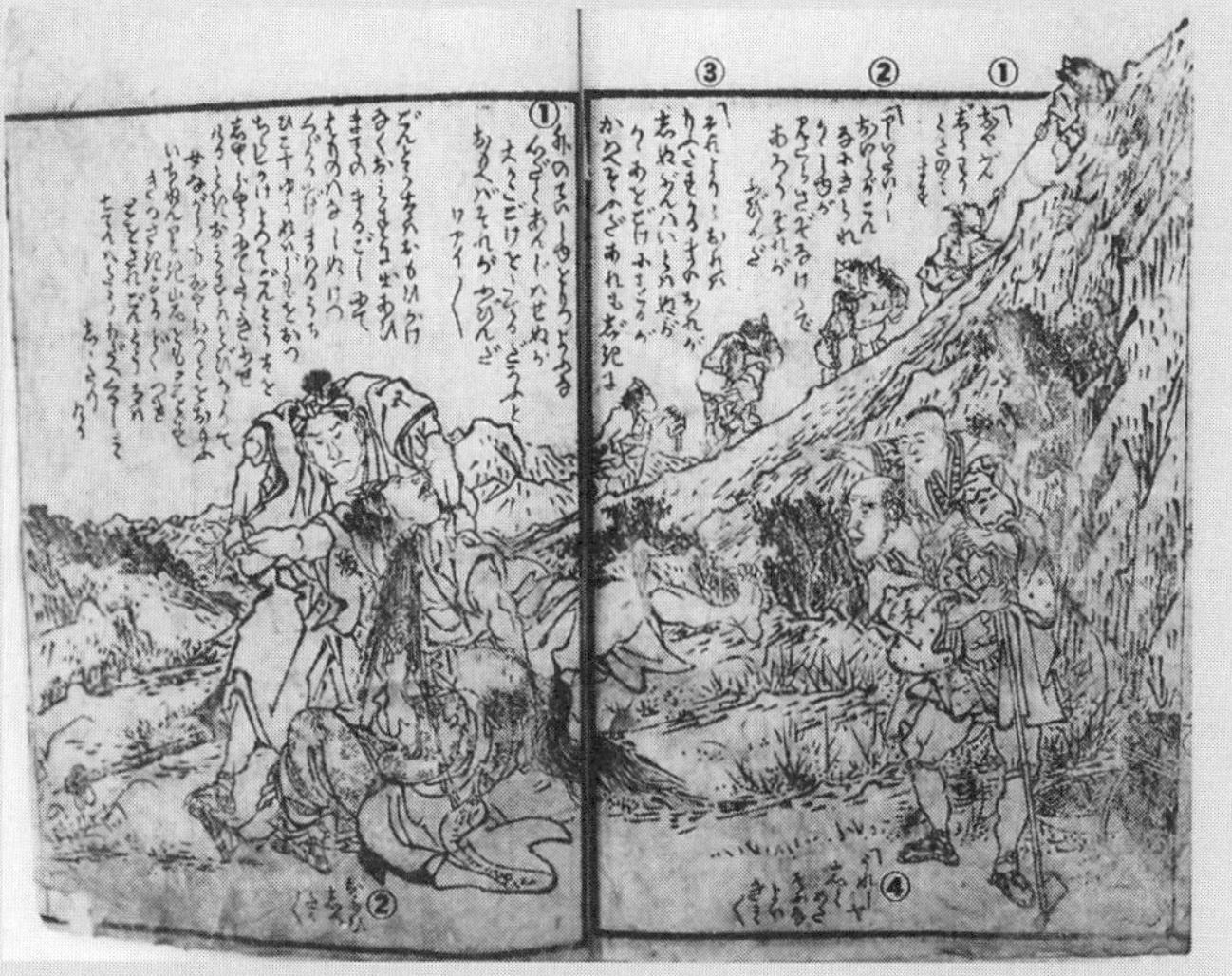

29丁表　　28丁裏

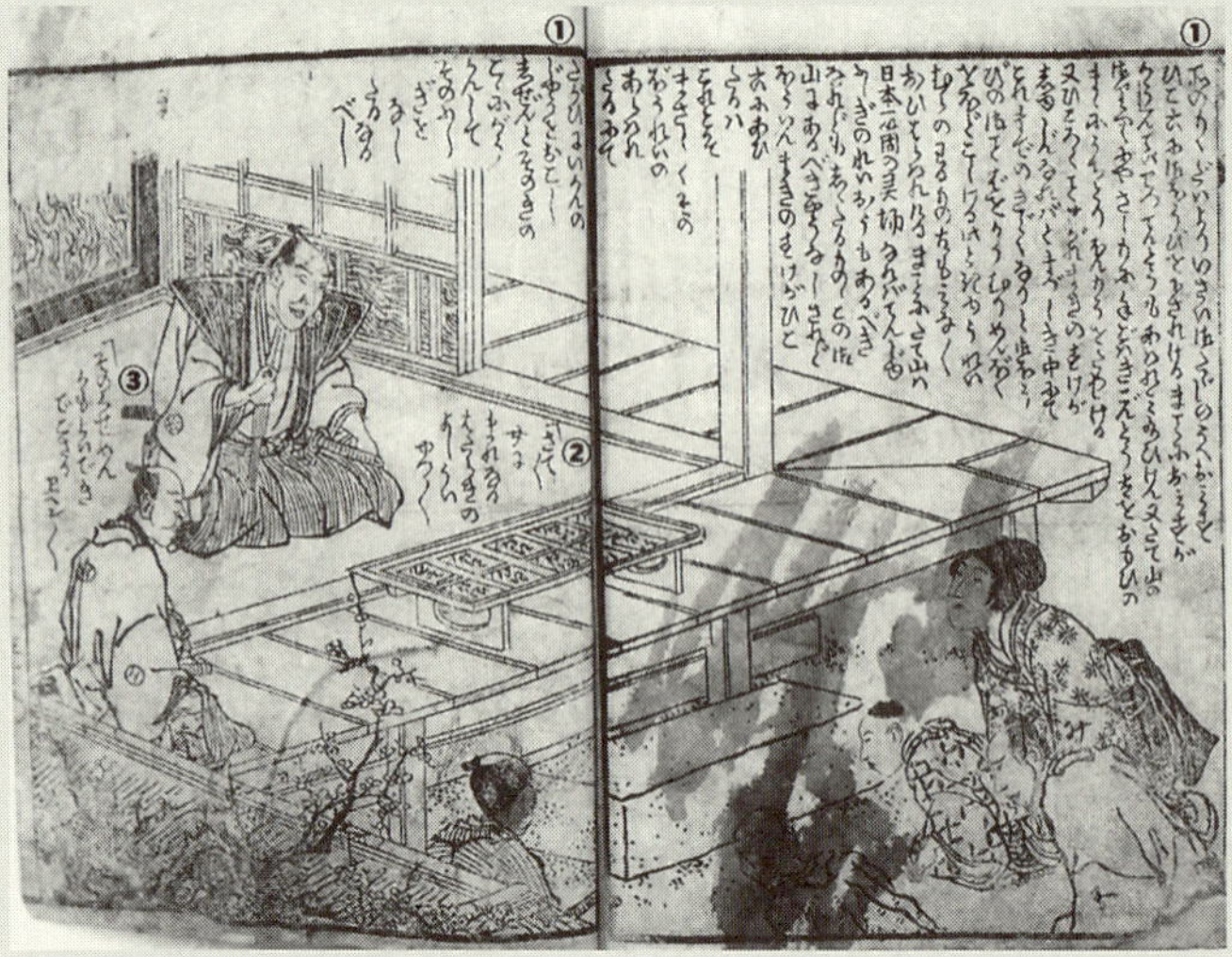

30丁表　　29丁裏

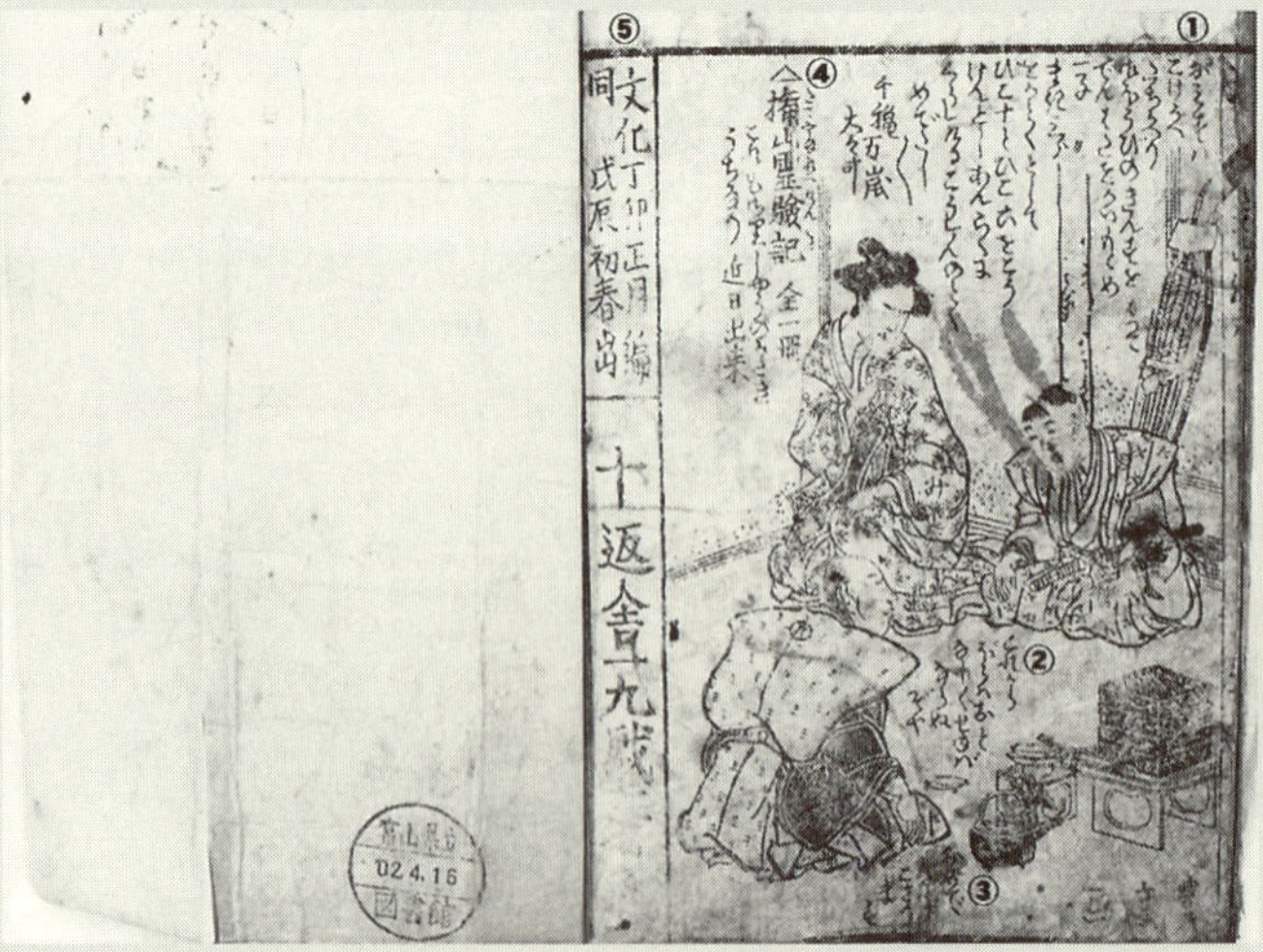

30丁裏

裏表紙

三　十返舎一九の職歴

十返舎一九が著した『越中楯山幽霊邑讐討』の内容を分析するにあたって、彼の職歴を概観しておきたい。

一九[1]は明和二年（一七六五）、駿河国府中の武士の家系に生まれた。一九は一〇歳代後半から江戸の武家屋敷で奉公した。天明三年（一七八三）、一九歳のときに大坂に上り、大坂町奉行小田切土佐守直年の配下として仕えた。しかしのちに武家奉公を辞し、義太夫語りの家に住み込んで浄瑠璃作者となった。

二五歳のとき、寛政元年（一七八九）二月上演の浄瑠璃『木下蔭狭間合戦』に並木千柳らとともに近松余七の名で合作者として加わった。これが一九の最初の作家活動とされる。

寛政五年（一七九三）の秋、一九は大坂を離れ江戸に戻った。江戸では山東京伝の知遇を得て翌寛政六年（一七九四）三〇歳のときに、京伝の黄表紙『初役金烏帽子魚』の挿絵を描いた。また同年、通油町（現在の中央区日本橋大伝馬町）の版元・蔦屋重三郎の食客となり、錦絵に用いる用紙の加工や挿絵描きなどの店の仕事を手伝うち、寛政七年（一七九五）には同店から黄表紙『心学時計草』『新鋳小判みみぶくろ』『奇妙頂礼胎錫杖』の三作品を刊行している。

その後も挿絵も版下も自分でこなし、以降は生活のため二〇年以上にわたって毎年二〇種近くの黄表紙を発表し続けた。この間、千秋庵三陀羅法師から狂歌を学び、寛政一二年（一八〇〇）には絵入り狂歌集『夷曲東日記』を刊行している。

ところで、一九は文章の執筆はもちろん挿絵描きや版下書きまですべてひとりで行うことができたので、版元にとってはとても使い勝手のよい作家であった。したがって一九は自作以外の出版も手伝い続けている。また、狂言、謡曲、浄瑠璃、歌舞伎、落語、川柳などの知識が豊富で、寛政期には狂歌も修業しており、こうした知識や教養が作品制作において十分に活かされた。一九は独学で、黄表紙のほか洒落本（『恵比良濃梅』〔享和元年〕など）、人情本（『清談峯初花』初編〔文政二年〕など）、読本（『深窓奇談』〔享和二年〕など）、合巻（『残灯奇譚案机塵』〔文化二年〕など）、狂歌集など、さらには教科書的な文例集まで手がけた。寛政から文化にかけては『行列奴図』や、遣唐使の吉備真備を描いた『吉備大臣図』などの肉筆浮世絵も描いている。

さて、そうした最中の文化元年（一八〇四）、一九は当時の太閤記物の流行に乗って『化物太平記』を刊行したが、それが発禁となり手鎖の刑に処せられた。そこで、これを契機に黄表紙から滑稽本に転じた。

一九を有名作家にしたのは享和二年（一八〇二）に初編が発表された『東海道中膝栗毛』である。好評に応えて『続膝栗毛』を含め、文政五年（一八二二）までの二一年間継続し、合わせて四三冊が刊行された。その制作においては頻繁に取材旅行に出かけ、山東京伝、式亭三馬、曲亭馬琴、鈴木牧之らとも交流した。また並行して刊行された『諸国道中方言修行金草鞋』も広く読まれた。なお、同書は文政一一年（一八二八）に刊行されているが、一九はそれ以前の文政九年（一八二六）に実際に立山を訪れたと推測されている。一九は原稿料のみで生計を立てた最初の職業作家といわれる。

天保二年（一八三一）八月七日、江戸の神田紺屋町の自宅で没した（『近世物之本江戸作者部類』は七月二九日没）。享年六七歳。

四 『越中楯山幽霊邑讐討』の巻頭言の翻刻と翻訳（意訳）

以下、『越中楯山幽霊邑讐討』の巻頭言を翻刻・翻訳しておきたい。

越中楯山　幽霊邑讐討　全部六冊　合本一冊
友人唐来三和子、予が弊室に来り、いへることあり。曰、近頃流行の稗史を閲するに、凡而復仇の談に限れり。そが中に、人の怨恨積聚、亡霊の冥影を録すこと冊子毎にして、あるは山賊海賊の暁勇なる、あるは悪狼蝮蛇の災害にあへる、これらの趣、倶に附会せざるは無し。因て作者、意を奇怪の中に容て、もはら世界の鼙説を需む。我若冠の頃ほひ、古老の夜話にきけることあり。越中国楯山に幽霊村と、自然に異名を付たるあり。そは邑中の男女白衣を着し、鬒髪にして、亡霊の容貌と顕じ、詣人のこころを迷倒させ、施物金銭を貪る手便とせしよし、寔に一箇の笑談なり。予是をもて趣向とせし一作ありしが、忘失して稍く其一、二を思ひ出せりと。語り終て、予にこれを編よといふ。予思為、立山は日域最上の霊場なれば、かかることの有べきやうなし。全く虚誕の説なるを、論ずるに足らずといへども、一夕の興に備ふる稗史なればと、是に同国長浜の貞婦が復仇の玄話をもて編り合せ、則此表題をかうふらし無。

文化戊辰春　東武逸民　十返舎一九題（花押等）

さて、巻頭言の内容を意訳すると、以下のとおりである。

自分（一九）の友人である唐来参和が自分（一九）の古屋にやって来て話したいことがあるという。参和が言うには、近頃流行している「稗史」（世間の噂などを歴史風に書いたもの。転じて小説。もと中国で民間の様子を探って君主に奏上する役の稗官〔小官〕が書き記したもの）を閲覧していくと、いずれも復讐の話（以下、讐討ち物）に限定されている。その讐討ち物の話では、「人の集まり積もった怨恨」や「亡霊の暗い影」などのモチーフがなぜか冊子ごとに語られている。あるいは「山賊海賊の勇ましい話」や「悪狼蝮蛇の災害に遭った話」などもあるが、こうした趣を一冊のなかで繋いだものは見られないという。こうした世の創作動向にもとづいて各作者たちは、心を奇怪な世界に入り込ませて、もっぱら世界の嘘とも本当ともつかないような説を求めているのだという。

さらに参和が続けて言うには、自分（参和）が若年の頃に古老の夜話に聞いたこととして、越中国楯山（立山）に、いつの間にか自然に「幽霊村」と異名を付けられた村があるという。その異名の訳は、村中の男女が白衣を着し髪を髪にして亡霊の容貌に扮し、参詣人の前に現れてその心を迷倒させ、施物や金銭を貪る手立てとしているからであった。ただしこれはひとつの笑い話に過ぎないものであろう。

さて、参和はこの「楯山幽霊村」の話に興味を持ち、以前一作品を創作してみたが、今ではすっかり忘失してしまって、ようやく一、二話を思い出したと言って、それを自分（一九）に語ってくれた。そして、参和は語り終わると、自分（一九）にこの話を編修して新たな作品にしてはどうかと勧めてくれた（後述するが、参和はこの頃すでに作家活動を引退していたと考えられ、自分で書く意志はなかった）。

自分（一九）が思うには、立山は日本の最上の霊場であるから、このようなことはあるはずがない。まったくでたらめな説と思われるので論ずるに足らないかもしれないが、一夜話としての面白みを備えた稗史であり、この本において越中国長浜（一九の勘違いで越後国の長浜）の貞婦の復仇の奥深い道理話を入れて編じ、すなわちこの表題（「越中楯山幽霊邑讐討」の題名）を付けた。

五　『越中楯山幽霊邑讐討』の巻頭言からの分析

『越中楯山幽霊邑讐討』の巻頭言から、この作品は一九が友人の唐来参和から提供された越中立山幽霊村の話と、その参和の提供とは別に、越中国長浜（一九の勘違いで越後国の長浜）の貞婦の復仇話を題材として編まれたことがわかる。なお、越中立山幽霊村の話については、参和が若年の頃に古老から聞いたものとしているので、その話の起源は多少時期を遡ると思われる。

一九が友人とする唐来参和(2)（延享元年〔一七四四〕〜文化七年〔一八一〇〕、文化六年〔一八〇九〕没説もある）について見ておきたい。参和は江戸時代中期から後期に活躍した戯作者、狂歌師である。本姓は加藤。通称は和泉屋源蔵。号は三和とも表記される。武家の出身であるが、十返舎一九と同様、版元・蔦屋重三郎の食客になったのち、江戸本所松井町の娼家に婿入りし、和泉屋源蔵と称した。大田南畝の門人で狂歌に親しみ、戯作者としても活躍した。参和の名での初作は天明三年（一七八三）に刊行された洒落本『三教色』で、その後、天明年間に黄表紙『大千世界牆の外』（天明四年〔一七八四〕）、黄表紙『莫切自根金生木』（天明五年〔一七八五〕）、洒落本『和唐珍解』（天明五年〔一七八五〕）、黄表紙『頼光邪魔入』（天明五年〔一七八五〕）、黄表紙『通町御江戸鼻筋』（天明六年〈一七八六〉）などを刊行している。寛政元年（一七八九）に黄表紙『冠言葉七目𫝆記』と黄表紙『天下一面鏡梅鉢』を刊行したが、後者が松平定信の寛政の改革おける出版統制で絶版処分に遭った。二年間絶筆した後、黄表紙『再会親子銭独楽』（寛政五年〈一七九三〉）や黄表紙『善悪邪正大勘定』（寛政七年〈一七九五〉）などを刊行。以降、合巻二種を刊行したが、それ以降の出版活動は見られない。

さて、一九と参和の仲介者として重要な人物は、版元・蔦屋重三郎(3)（寛延三年〈一七五〇〉～寛政九年〈一七九七〉）である。重三郎は版元として、参和や一九も含め以下の戯作者や浮世絵師の作品を刊行している。

・朋誠堂喜三二（享保二〇年〈一七三五〉～文化一〇年〈一八一三〉）……戯作者
・唐来参和（延享元年〈一七四四〉～文化七年〈一八一〇〉、文化六年〈一八〇九〉）……戯作者・狂歌師
・山東京伝（宝暦一一年〈一七六一〉～文化一三年〈一八一六〉）……浮世絵師・戯作者
・十舎一九（明和二年〈一七六五〉～天保二年〈一八三一〉）……戯作者・絵師
・曲亭馬琴（明和四年〈一七六七〉～嘉永元年〈一八四八〉）……読本作者
・鳥居清長（宝暦二年〈一七五二〉～文化一二年〈一八一五〉）……浮世絵師
・喜多川歌麿（宝暦三年〈一七五三〉頃～文化三年〈一八〇六〉）……浮世絵師

・栄松斎長喜（生没年不詳。画作期は天明〜文化六年〔一八〇九〕）……浮世絵師
・渓斎英泉（寛政三年〔一七九〇あるいは一七九一〕〜嘉永元年〔一八四八〕）……浮世絵師
・東洲斎写楽（生没年不詳。画作期は寛政六年〔一七九四〕・同七年〔一七九五〕）……浮世絵師
・歌川広重（寛政九年〔一七九七〕〜安政五年〔一八五八〕）……浮世絵師

このように何人もの作家や芸術家たちが重三郎に見込まれ、彼のもとで成功を収めている。重三郎は優れた才能の持ち主に出会うと投資を惜しまないパトロン型の版元であり、ときには作家を食客にして支援した。参和や喜多川歌麿、一九（第一章の一九の経歴を参照）の場合がまさにそれである。(4)『越中楯山幽霊邑讐討』の巻頭言で一九が唐来参和を「友人」と称するように、二人は時期こそ重ならなかったが（参和のあとに一九が食客として蔦屋に入っている）、共に蔦屋での食客を経て作家としての成功を収めた親しい先輩と後輩のような関係であっただろう。

ところで、黄表紙文学の世界で名作と評される山東京伝『江戸生艶気樺焼』、芝全交『大悲千禄本』、唐来参和『莫切自根金生木』の三作品はいずれも天明五年（一七八五）に版元・蔦屋重三郎から刊行されている。(5)こうしたことも含め、版元・蔦屋重三郎を軸とした参和と京伝、一九の四人の強固な関係がうかがわれる。

さらに重三郎と京伝、一九の関係は次の流れで生まれたと考えられる。第一章の一九の経歴で示したとおり、寛政五年（一七九三）の秋、一九は大坂を離れ江戸で山東京伝の知遇を得て翌寛

政六年（一七九四）、京伝の『初役金烏帽子魚』の挿絵を描いている。そして同年、一九は版元・蔦屋重三郎の食客になっているが、おそらくこれは京伝の紹介によるものであろう。蔦屋の食客として共に過ごすうちに、一九は重三郎に才能を認められ、寛政七年（一七九五）には同店から黄表紙『心学時計草』『新鋳小判みみぶくろ』『奇妙頂礼胎錫杖』の三作品を刊行している。なお、寛政七年（一七九五）から重三郎が亡くなる寛政九年（一七九七）までの間の蔦屋の黄表紙出版は、実質的に京伝を中心に曲亭馬琴と一九の三人に重点を置いて行われており、この三人は当時の蔦屋にとってまさにドル箱作家たちであった。もし蔦屋がもう少し長く存命であれば、一九の『越中楯山幽霊邑讐討』は、版元・鶴屋喜右衛門からではなく版元・蔦屋重三郎から刊行されていたであろう。

六　『越中楯山幽霊邑讐討』の蔵版目録に見る山東京伝の讐討ち物

六―一　『越中楯山幽霊邑讐討』の蔵版目録と近刊予告

『越中楯山幽霊邑讐討』の表表紙裏には、以下の蔵版目録が記されている。

【表表紙裏の蔵版目録】

読本　善知安方忠義伝後編　蛛のふるまひ　全部七冊　山東京伝作　歌川豊国画

醒醒斉山東翁著　骨董集　近刊
二百年以後、聞人の伝幷に肖像珍書奇画古制の衣服雑器のたぐひ諸好ず家の秘篋にもとめ数十部の珍書を引自己の考を加へ事を記し物を図たる漫録尚古の書なり
文化戊辰新絵草紙
東上総夷潜郡　白藤源太談　山東京伝作　歌川豊国画　全部七冊
小曽野禄三郎　八重霞かしくの仇打　山東京伝作　歌川豊国画　全部六冊
於杉　於玉　二身之仇討　山東京伝作　歌川豊国画　全部六冊　文化三丙寅年発行
契情の松　官女の桜　復讎孖渡頭　山東京山作　歌川国貞画　全部六冊

【三〇丁裏の近刊予告】

楯山霊験記　全一冊
これも、御りしやうのかたきうちなり。近日出来

上記の蔵版目録の内容を整理すると次のとおりである。文化三年（一八〇六）読本『善知安方忠義伝後編　蛛のふるまひ』（全部七冊、山東京伝作、歌川豊国画、実際には刊行されず）。文化一一年（一八一四）考証随筆『醒醒斉山東翁著　骨董集』（山東京伝作、版元・鶴屋喜右衛門）。文化三年（一八〇六）合巻『於杉・於玉　二身之仇討』（山東京伝作、歌川豊国画、全部六冊）。文化五

年（一八〇八）合巻『東上総夷潜郡　白藤源太談』（山東京伝作、歌川豊国画、全部七冊、版元・鶴屋喜右衛門）。文化五年（一八〇八）合巻『小曽野禄三郎　八重霞かくしの仇討』（山東京伝作、歌川豊国画、全部六冊）。文化五年（一八〇八）合巻『契情の松　官女の桜　復讎孖渡頭』（山東京山作、歌川国貞画、全部六冊）。

さて、以上のとおり蔵版目録に揚げられた作品のうち、山東京山の『契情の松　官女の桜　復讎孖渡頭』を除いては、すべて山東京伝の創作である。しかも讐討ち物が多い。これはもちろん一九の『越中楯山幽霊邑讐討』自体が題名のとおり讐討ち物であり、当時の文学界での讐討ち物の大流行もあって、それにあわせての宣伝であろう。

一九自身も文化期頃から流行にあわせていくつもの讐討ち物と怪談物を著しており、以下の作品が見られる。享和四年（一八〇四）『恋仇討狐助太刀　上・中・下』（豊国画）、文化三年（一八〇六）『嵐山花仇討　前・後』（豊広画）、文化四年（一八〇七）『諏訪湖狐怪談　前編』（勝川春亭画）、文化五年（一八〇八）『諏訪湖狐怪談　後編』（勝川春亭画）、同年『相州矢倉沢復讐』（勝川春亭画）、同年『敵討浪速男　後』（歌川国貞画）、文化六年（一八〇九）『復讐西海硯　前編』（歌川国貞画）、同年（一八〇九）『大矢数誉仇討　前・後編』（勝川春亭画）。

なお、『越中楯山幽霊邑讐討』の巻末三〇丁裏には一九の作品の近刊予告が記されており、御利生（仏が衆生に与える利益）の讐討ち物語として『楯山（立山）霊験記』全一冊が挙げられている。これも越中立山に関わる讐討ち物の作品と思われるが、筆者が探索する限り該当する作品は見当たらず、どうやら実際には未完のようである。

六―二　『越中楯山幽霊邑讐討』と山東京伝著『善知安方忠義伝』

十返舎一九は唐来参和から提供された越中立山の幽霊村の話だけで『越中楯山幽霊邑讐討』を編もうとしたわけではない。一九が巻頭言で述べるとおり、同作品は越中国長浜（一九の誤認で正しくは越後国の長浜であろう）の貞婦の讐討ち話を軸としている。そして「越中立山」と「讐討ち」をキーワードとして当時の文学界の諸作品を見ていくと、それらを共に含む先行作品に山東京伝著・読本『善知安方忠義伝』がある。同書は『越中楯山幽霊邑讐討』が刊行される二年前の文化三年（一八〇六）に刊行され、さらに前述のとおり『越中楯山幽霊邑讐討』の表表紙裏の蔵版目録に『善知安方忠義伝』が最初に揚げられているので、一九が同書に対して何らかの意識を持たないことはありえない。むしろ一九の創作意欲に大きな刺激を与えたと考えられる。そこで以下、『善知安方忠義伝』について見ておきたい。

寛政の改革における出版統制により、京伝は寛政三年（一七九一）に手鎖の処罰を受けた。こうした弾圧の恐怖から京伝は軽妙洒脱な黄表紙や洒落本の執筆を断念せざるを得なくなり、以後、京伝の著述活動は、中国小説の影響を強く受けた怪異性や伝奇性が濃い読本や、毎丁絵入りで平易な筋を持つ合巻、あるいは考証随筆の分野に移行していった。こうしたなかで著されたのが読本の『善知安方忠義伝』である。

同書は次の二つの筋を絡ませながら展開していく。[6] 一つは平将門の遺臣である善知安方が妻とともに主君の遺児（平太郎／良門）を諫める忠義の筋である。その内容は謡曲『善知鳥』に依っている。この謡曲は、平安時代末期頃には貴族社会で知れ渡っていた「立山地獄説話」に、一二世紀の『地獄草紙』などに見られる「鶏地獄」のモチーフや津軽地方の「珍鳥説話」「片袖幽霊譚」などが組み合わされ、室町時代に成立したものである。京伝自身が『善知安方忠義伝』において「平の良門のゆゑよしをまじへ善知鳥の考をくはへ古書どもを引もちゐつ」と述べていることからも、主要な登場人物の善知安方は、この『善知鳥』をもとに創作された人物と考えられる。

もう一つの筋は将門の遺児（平太郎／良門）が父の意志を継ぎ、蝦蟇の術を用いて義姉（如月尼／滝夜叉姫）を誘い謀反を企てたものの、大宅光国や源頼信の活躍によって阻まれるという陰謀物である。この内容は『前太平記』の「如蔵尼並平良門事」と「平良門蜂起事多田攻事」に依っている。

『善知安方忠義伝』においては、後編が予告されていたにもかかわらず未完のままに終わったため、善知夫婦の遺児がどうやって親の讐を討つのか、また良門と頼信がどのように決着したのかは定かではない。そのため京伝が物語をどのように結末づけようとしたのかまでは考察することはできない。

さて、『善知安方忠義伝』において「立山」の用語に関する記載は、全二〇条中、次の六条に見られ、比較的多い。そして特に五条と二〇条は立山を舞台としている。前編・巻の二「第五条　宮城野」（鷺沼太郎則友回国修行の事、越中立山現在地獄の事）。前編・巻の二「第七条　十符里」（善知夫婦の魂魄鳥と化す事、安方村善知坂の事）。前編・巻の四「第一三条　越居里」（大宅光国旅路に赴事、良門蚺蛇の弁天を見て志を励す事、善知夫婦の亡魂良門諫る事）。前編・巻の四「第一四条　阿武隈川」（良門阱におちて賊塞にいたり伊賀寿太郎にあふ事、太郎九州軍物語の事）。前編・巻の五「第一九条　緒絶橋」（官兵旧内裏をとり囲て滝夜叉姫を亡す事、源頼信光国に賞を賜事）。前編・巻の五「第二〇条　小鶴池」（将軍太郎良門術を施して蝦蟇の闘をなさしむる事、善知夫婦の亡魂再良門を諫る事）。

以上、山東京伝の『善知安方忠義伝』について概略したが、一九が『越中楯山幽霊邑讐討』を著す二年前に、一九の身近な存在である京伝がすでに立山も舞台の一所とする讐討ち物の『善知安方忠義伝』を刊行していたのである。したがって、一九とすれば、唐来参和が「立山幽霊村」という絶好の素材をもたらしたことが契機となり、既刊の『善知安方忠義伝』も意識しつつ、しかし自身の新作はそれとまったく異なる趣向の讐討ち物にすることを当初から定め、「立山幽霊村」の内容を十分に活かして、立山も舞台の一所とする讐討ち物の作品を編もうとしたと考えられる。

七　『越中楯山幽霊邑讐討』の目次と内容構成および特徴

『越中楯山幽霊邑讐討』は、讐討ち小説を基盤としているが、そのなかに、恋愛、婚前妊娠、駆け落ち、中年男性のストーカー行為が発端となった殺人事件、立山幽霊村詐欺事件などのさまざまな要素が組み込まれている。同書の巻頭言のあとに「巻中除目」と題して、第一回から第六回までの目次が記されているので、以下、それにあわせて全体の内容構成を概観しておきたい。その際、登場人物の紹介は先に行っているのでここでは省略したい。

第一回は「色情の花ざかり」で二丁裏から六丁表までである。「色情」、すなわち男女間の性的欲情がテーマで、その内容は、1　おみすに執着する白藤権藤太、2　愛し合うおみすと牧の助、3　おみすへの執着が深まる権藤太、4　おみすと牧の助の駆け落ち、5　おみすを捜す権藤太、などの筋で構成されている。具体的には若い男女の恋愛や婚前妊娠、駆け落ち、中年男性のストーカー行為などの話題が見られる。

第二回は「暴悪のおぼろ夜」で六丁裏から一〇丁表までである。「暴悪」、すなわち道理を無視した荒々しい振る舞いがテーマで、その内容は、1　おみすの出産、2　権藤太の牧の助殺害、

3　彦六と火の玉、などの筋で構成されている。具体的には、中年男性のストーカー行為が発端となった殺人事件や、殺害された男性が幽霊になったことなどの話題が見られる。

第三回は「遺恨のはる雨」で一〇丁裏から一七丁表までである。「遺恨」、すなわち忘れられず、いつまでも残る恨みがテーマで、その内容は、1　牧の助の幽魂とおみす、2　牧の助を失ったおみすと彦六夫婦、3　権藤太のげんかい殺害計画、4　権藤太のげんかい殺害、5　彦六と茶店の法師・若衆、6　げんかいの死を知る彦六とおみす、などの筋で構成されている。具体的には、中年男性ストーカーによる被害者の父親の殺害や、遺族と殺害された者たちの幽霊との対面などの話題が見られる。

第四回は「恩愛の真の宿」で一七丁裏から二一丁表までである。「恩愛」、すなわち、他人を思いやりかわいがることや、情け、親子・夫婦などの間の愛情などがテーマで、その内容は、1　彦十、2　地蔵の石右衛門、3　立山の幽霊村、4　地蔵の石右衛門宅に居候をする権藤太、などの筋で構成されている。具体的には、父に見限られた放蕩息子の話題と立山幽霊村の話題が見られる。

第五回は「幽霊の雪の日」で二一丁裏から二五丁表までである。「幽霊」、すなわち、死者が成仏できず、この世に迷い出た姿や亡者、死者の霊、亡魂などがテーマで、その内容は、1　立山参詣に旅立つおみすと彦六、2　おみすと彦六の夢に現れたげんかい、3　放蕩息子彦十と父との再会、などの筋で構成されている。具体的には、主人公のおみすが幽霊となった親族と再会する話題や、父と放蕩息子との再会の話題が見られる。

第六回は「孝心の月あかり」で二五丁裏から三〇丁裏までである。「孝心」、すなわち、孝行の心や子が親を敬い、親に尽くそうと思う心などがテーマで、その内容は、1　偽幽霊に拵えられた権藤太、2　権藤太を討ち取り讐討ちを果たしたおみす、3　目代からの褒美と牧三郎の家督相続、などの筋で構成されている。具体的には、偽幽霊への讐討ちを成就した話題などが見られる。

以上、全体の内容構成を見てきたが、この作品の登場人物のなかで最も強烈な個性を放っているのは、悪玉の「白藤権藤太」である。権藤太は、ヒロイン「おみす」の父「げんかい」と恋人「牧の助」を殺害する悪玉側の主役である。この人物に対する名付けについて、一九は上総国夷隅郡神沖村の百姓・源左衛門の一人息子で、伝説の力士の「白藤源太」を参考にし、それを捩ったのではないかと思われる。その理由としては、山東京伝の作品に文化五年（一八〇八）合巻『東上総夷潜郡　白藤源太談』（歌川豊国画、全部七冊）があり、『越中楯山幽霊邑讐討』と同年の刊行で、さらに同書の蔵版目録にも記載されているからである。

さて、この作品は讐討ち物で、最終的にそれが成就し、一応ハッピーエンドで終わる。しかし、筆者は一九の話の進め方にやや違和感を覚え、また内容の一部に矛盾も感じている。主人公の

「おみす」は「白藤権藤太」に殺害された恋人「牧の助」が、「立山ではありがたい御利生で、牧の助は浮かばれたであろう」と述べるが、しかし「牧の助」は、彼の死後、またもや「権藤太」に殺害された父・「げんかい」とともに幽霊になって現れ出てきているのであるから、実際には二人とも成仏はできていない。さらに、この二人の幽霊の助言もあり、「おみす」の讐討ちは成就し、息子「牧三郎」の家督相続もできたが、先に幽霊となって現れた「牧の助」と「げんかい」が成仏したか否かは小説ではまったく触れられていない。この作品においてはあくまでも讐討ちの成就が主題であり、亡霊が成仏する話になっていないのである。一九は亡霊の成仏にはまったく関心を寄せておらず、むしろ、立山地獄谷での、「おみす」一行と、「白藤権藤太」や地元の「偽幽霊」たちとの決闘場面を、風刺を利かせて面白可笑しく描いている。なお余談であるが、立山の地獄谷は現実には女人禁制のエリア内で、女性の「おみす」は立ち入れない場所である。

ところで、『越中楯山幽霊邑讐討』に描かれた立山地獄谷での讐討ちの乱闘場面から、一九がこの世に実在する地獄として古くから著名な立山地獄谷（立山地獄）を、現実の地獄としてはまったく信じていない、あるいは認めていないことがわかる。登場人物で讐を討つ側の「彦十」が立山地獄谷で偽幽霊たちと乱闘になった際、「おのれら一人も残さず討ち殺して、本当の幽霊にしてやろう」と啖呵を切るが、その言葉の裏を返せば地獄谷に本当の幽霊はいないということである。ただしその一方で、この作品には「権藤太」に殺害された「牧の助」や「げんかい」が幽霊となって直接遺族の前に現れたり、あるいは遺族の夢枕に現れたりする場面も見られるので、一九はこうした怪異現象自体を否定しているわけではない。むしろそうした場面がなければこの作品はまったく筋が成立しないのである。一九は幽霊などの怪異現象が実存することはある程度認めている風だが、立山地獄谷については、そこに本当の地獄があり、亡者たちが実存するなどとは到底認めていないのである。一九のこうした意識は、彼が文政一一年（一八二八）に刊行した『諸国道中金草鞋』第一八編（内題「越中立山参詣紀行　方言修行金草鞋」）にも引き継がれた。強いて言うならば、一九が『越中栢山幽霊邑讐討』を著したことによって、のちの「越中立山参詣紀行　方言修行金草鞋」の創作の目が出たと言ってよい。

八　『越中栢山幽霊邑讐討』と鶴屋南北（四代目）の怪談物

十返舎一九は狂言や謡曲、浄瑠璃、歌舞伎、落語、川柳などさまざまな分野の知識が豊富であった。折しも文化・文政期（一八〇四〜一八三〇）は、文学や錦絵、歌舞伎、蘭学、見世物、清元など、多様な文化が互いに刺激し合いながら展開した時代であった。

こうしたなかで一九は歌舞伎狂言作者の鶴屋南北（四代目、宝暦五年〔一七五五〕〜文政一二年〔一八二九〕）の歌舞伎にも影響を受けたのではないかと考えられる。一九が「立山幽霊村」の話を取り込んだ『越中楯山幽霊邑讐討』を著したのは文化五年（一八〇八）であるが、この頃、歌舞伎の世界では南北の幽霊に関する作品が話題となっていた。すなわち、文化元年（一八〇四）、五〇歳になった南北は、初代尾上松助と組んで『天竺徳兵衛韓噺』を上演したが、これが舞台演出で評判を呼び、大当たりをして南北の出世作となった。南北はこの作品以来、夏狂言に怪談を持ち込み、定着させていったが、その決め手となったのは幽霊の登場である。『天竺徳兵衛韓噺』は、近松半二が書いた『天竺徳兵衛郷鏡』の書き替えであるが、南北は原作にはない乳母・五百機を登場させている。五百機は殺され、幽霊として現れるが、これが南北劇での初の幽霊の登場である。五百機を演じた初代尾上松助のために、南北は『彩入御伽草』（文化五年〔一八〇八〕）の小幡小平次、『阿国御前化粧鏡』（文化六年〔一八〇九〕）の阿国御前といった幽霊を書き、松助の没後には三代目尾上菊五郎のために『東海道四谷怪談』（文政八年〔一八二五〕）のお岩などの幽霊を作っていった。特に同作品は日本の怪談劇の代名詞となった。このように、歌舞伎の世界での幽霊物作品の流行も、一九が『越中楯山幽霊邑讐討』を執筆するにあたって、追い風的な影響を与えたものと考えられる。

九　立山地獄説話のなかの『越中楯山幽霊邑讐討』

越中立山は平安時代の古くから、人々の間で山中に地獄が実在する山として知られていた。同時代の仏教説話集『今昔物語集』には、越中立山の地獄は死者の霊魂が集まる場所として描かれ、その一節の「日本国の人、罪を造りて多く此の立山の地獄に堕つと云へり」との文言から、当時の都の貴族や僧侶、山岳修行者たちの立山地獄に対する認識がうかがわれる。

さて、堤邦彦氏は一八世紀までの文芸作品を対象として、こうした越中国立山の地獄を題材とする古代・中世の説話が、近世社会においてどのように継承され、変容、成長したかを綿密に検討し、さらにその思想背景についても論じている(7)。すなわち堤氏は、古態の片袖幽霊譚が立山地獄を題材としていることに着目し、近世の唱導界が、古代・中世以来の片袖幽霊譚をどう継承し、変容させていったのか、あるいはこの話が近世文芸や、口碑民談の世界においていかなる説話成長を遂げたのか、といった点を中心に考察している(8)。その際、片袖幽霊譚と同型の説話について、全体像を把握するため、作品の成立時期、所収資料のジャンル、説話の内容、目的などに照らして以下のAからJに大別し、それぞれの特質に言及している。（A）古代・中世文芸、（B）中世僧坊日記、縁起書、（C）物語草子、神楽祭文、（D）勧化本、高僧伝、（E）近世の寺社縁起、

（F）近世怪異小説、（G）浮世草子、演劇、読本、草双紙、（H）詐欺譚、ニセ幽霊、（I）弁惑もの、謎解き、（J）地方民談。

堤氏の研究成果そのものについては、ぜひ氏の著書を直に参照していただきたい。一方、筆者は、一九の『越中楯山幽霊邑讐討』も立山地獄説話における「片袖幽霊譚」の系譜のなかに位置づけられる作品と考えているので、堤氏の片袖幽霊譚の分類では前掲の（H）と（I）に該当する詐欺譚になった片袖幽霊譚を、堤氏の研究成果の後追いになってしまうが、以下に整理したい。

①『御伽比丘尼』四巻四（巻之四、四）「虚の皮かぶる姿の僧付り越中立山の沙汰」
著者…未達（西村市郎右衛門）、版元…西村市郎右衛門、成立…貞享四年（一六八七）、参考文献…太刀川清「怪談の弁惑物──亡者片袖説話の場合──」『学海　第一六号』（一一頁～一八頁、上田女子短期大学国語国文学会、二〇〇〇年）、所蔵…国立国会図書館。

②『本朝桜陰比事』二巻八「八　死人は目前の剱の山」
著者…井原西鶴、成立…元禄二年（一六八九）、参考文献…井原西鶴著・和田万吉校訂『西鶴諸国咄　本朝桜陰比事』（一二二頁・一二三頁、岩波書店（岩波文庫　八五三）、一九三二年）。

③『昼夜用心記』二巻五「五　駿河に沙汰ある娘　日本修行の坊様　箱根山の幽霊にあふ事」
著者…北條団水、成立…宝永四年（一七〇七）、参考文献…北條団水著・宮崎璋蔵校訂『昼夜用心記　巻二（賞奇楼叢書、三期第二集）』（一二頁～一六頁、珍書会、一九一五年）、所蔵…国立

国会図書館。
④『古今弁惑実物語』巻一「幽霊片袖を故郷へ送る事」
成立…宝暦二年（一七五二）、参考文献…堤邦彦校訂『古今弁惑実物語』（堤邦彦・杉本好伸編『近世民間異聞怪談集成（江戸怪異綺想文芸大系、高田衛監修、第五巻）』国書刊行会、二〇〇三年）、太刀川清「怪談の弁惑物――亡者片袖説話の場合――」『学海　第一六号』（一一頁〜一八頁）。
⑤『越中楯山幽霊邑讐討』
著者…十返舎一九、成立…文化五年（一八〇八）、所蔵…富山県立図書館、ほか。
⑥『耳袋』巻の五「幽霊奉公の事」
著者…根岸鎮衛（一七三七〜一八一五）、成立…文化一一年（一八一四）までには全巻刊行。「幽霊奉公の事」は寛政八年（一七九六）頃の聞き書き。参考文献…根岸鎮衛著・鈴木棠三編注『耳袋1（東洋文庫 二〇七）』（三四一頁、平凡社（東洋文庫二〇七）、一九七二年）。
⑦『野乃舎随筆』「偽幽霊」
著者…大石千引、成立…文政三年（一八二〇）、参考文献…『文学にみる立山』（四七頁・四八頁、富山県［立山博物館］、二〇一二年）、所蔵…富山市立図書館。

さて、①から⑦までの作品内容を見ていくと、江戸時代前期の①と②では、越中立山で幽霊に出会ったことにし（本当は立山参詣に行っていない）、その幽霊から①では形見として片袖を、②

では脇差をことづかったと偽り、幽霊の遺族から金品を騙し取るといった詐欺行為の話となっている。ここでは形見の品が定番の片袖から脇差へと変わり、時代のニーズが見て取れる。③は立山ではなく箱根峠で幽霊に出会ったことにし、さらに形見として名号、九重の守、守り刀、経帷衣の片袖などをことづかったと偽り、幽霊の遺族から金品を騙し取るといった、詐欺行為の話である。④は③と同じく箱根峠で幽霊に出会ったことにし、それを遺族につげて利益を得ようとする話である。⑤から⑦までの作品の内容は霊場（立山や高野山）の在地で偽幽霊に扮して参詣者を欺く話である。

以上の①から⑦の作品内容において、片袖幽霊譚のあり方が大きく変化したのは十返舎一九の⑤『越中楯山幽霊邑讐討』からである。従来の片袖幽霊譚では霊場の現地の人々が亡霊の遺族を欺くことはなかった。しかし一九は、片袖幽霊譚において詐欺の悪質さとバリエーションが徐々に拡大していくなかで、まさに霊場立山の現地で、しかも現地の人々が偽幽霊に扮して信仰登山にやって来た参詣者たちを欺いて利益を貪るといった、霊場としての宗教的権威や信用を著しく貶めるような物語を、彼お得意の洒脱な筆致で小説に仕立てたのである。立山幽霊村の話そのものは前述のとおり唐来参和が言うように寛政期頃にはすでに江戸の巷談として口承されていたと考えられるが、それを口承から小説に仕立てたのは十返舎一九が最初である。偽幽霊に扮し参詣者を欺いて利益を貪るなど、到底堕地獄が免れないような所業を、それこそこの世に実在の立山地獄を舞台として行わせていること自体が、一九ならではの「立山地獄」に対する強烈な風刺ともとれる。このような一九の一種突き抜けた発想で書かれた『越中楯山幽霊邑讐討』は、ある意味、古代から脈々と続く立山地獄説話における「片袖幽霊譚」の最終ランナーといえる。

一〇　立山幽霊村を題材とする作品

『越中楯山幽霊邑讐討』の巻頭言で作者の十返舎一九が述べるように、この作品は、一九が友人の唐来参和から提供された越中立山幽霊村の話と、越中国長浜（一九の勘違いで越前国の長浜）の貞婦の復仇話を題材として編まれたものである。なお、越中立山幽霊村の話については、参和が若年の頃に古老から聞いたものとしているので、口承では江戸時代中期頃にはすでにあったのではないかと思われる。しかし、それを小説の題材にしたのは、筆者が調べた限りでは、おそらく一九が最初であろう。

『越中楯山幽霊邑讐討』の刊行後を見ていくと、江戸時代後期の国学者で歌人の大石千引（一七七〇〜一八三四）が文政三年（一八二〇）に刊行した『野乃舎随筆』(9)に「偽幽霊」の話が掲載されている。また、嘉永六年（一八五三）に出版された『狂歌百物語』(10)所収の狂歌にも兼題として「立山」が取り上げられ、挿絵中の狂歌に『野乃舎随筆』の「偽幽霊」の話に影響を受けたものが見られる。なお、これらの作品については奥澤真一郎氏の翻刻や解説、論文などの研究成果があり、そちらを参照していただきたい(11)。

この他、天保一五年（一八四四）以降に刊行された筆者不詳『見聞随筆(12)』にも「立山の幽霊」の話が掲載されている。同作品については、これまでまったく史料紹介がされていないので、以下、翻刻文を掲載しておきたい。

立山の幽霊

天保十五辰年、江城御普請の節、雉子橋御門の御小屋内へ数多の職人ども入廻て賑はしきことといふばかり。其頃中村某といふ人、此小屋へ出役したる所、木挽職の中に異名を幽霊と呼びたるものあり。いぶかしきことに思はれし故、ある時、右の男を近づけ其縁故を尋られしに、此の男、答ていふ様、僕はもと越中の産にて立山の幽霊にて候。さるゆへに人形の如く異名を付て呼候といふ。中村氏弥怪しみ、猶其子細を問はれ候はば、男の云、立山の事は世に知らるる如く、山中種々の地獄ありて人の恐るる所にて候。此山へ登るものは親子兄弟などの幽霊に遇たるよしいひ伝へ、案内（夜朝食物など買ひて道案内す。富士山などにて剛力と云□《一字難読》にて、立山にては中宮といへり）を雇いて登山する時、或は父母の幽霊にあひたる又は妻子の亡魂を見たるなどいふを、案内者、密に聞候て、幽霊の方へ内通する也。扨此幽霊と申は麓の山間などに住居いたしたるは山稼ぎなどして渡世する者也。夏中参詣の多き頃は幽霊の形ちに出立、賃銭を□《一字難読》らへて雇れ出、案内者の注文に応じて男女老少の似せ幽霊、地獄の辺より群れ出、道者をたばかりて信を起さしむ。勿論彼（幽霊）等が出る所は間に大きなる谷ありて、向ひは山の中腹なり。道者の所よりは壱町も弐町も隔りたること故、慥かなる形は見へず供、然れども其年頃と思ふ幽霊の出来りて岩蔭、山の間などを立廻り、見へ隠れる姿を見するにより、是を誠の幽霊と心得給、泪を流して伏拝至こと也。一体此辺は嶮岨にして硫黄の気充満し、焦黒みたる岩石など聳々重り、其間より黒烟り立登り、或は熱湯湯玉の涌あがる所などありて、始て爰に至るものは身の毛もよだちて恐るること也。其上案内、名跡とぶらひて地獄の体相をいひならべ、さめざめ恐ろしきことを説聞するゆへ、心中疑ひの気なく是を真実の地ごくと思ひて似せ幽霊を拝むことなり。僕も彼所に夏之頃は右の幽霊に雇れて渡世いたせしもの也。といひたるや。是中村氏の直談也。

一一　「立山幽霊村」が実在し得たか否かについて

唐来参和が古老の夜話に聞いたとする越中国楯山（立山）の幽霊村が、立山山麓に実在し得たか否かについて考えたい。ちなみに一九は、『越中楯山幽霊邑讐討』の巻頭言で立山の幽霊村について、「立山は日本において最上の霊場であるから、このようなことがあるはずはない。まったくでたらめな説と思われるので論ずるに足らない」と断言している。

さて、もし実在したならば、その対象となる村は常願寺川右岸の立山禅定道に沿った岩峅寺、横江、千垣、芦峅寺のいずれかであるが、現実にはこれらの村が幽霊村として活動を行うことは困難であった。以下、加賀藩前田家の立山支配のあり方からその理由を指摘したい。

江戸時代前期、江戸幕府は大大名の加賀藩前田氏に脅威を感じ、その取り潰しをもくろんで度々牽制した。こうした幕府と加賀藩の緊張関係は、この時期幕府が諸大名に対して強力な支配力を明示するため、数度にわたって国絵図の提出を求めたことから、軍事・資源開発に関わる立山と黒部奥山の国境問題にまで派生し、立山衆徒（芦峅寺衆徒と岩峅寺衆徒）の宗教活動にも大きな影響を与えた。同領域を対幕府の政策面で重視した加賀藩は、江戸時代初頭、その情報に詳しい立山山麓の立山衆徒を外護した。そして江戸幕府が本末制度にもとづいて仏教界全体を支配下に置き、立山衆徒に対しても同様に強力な影響力を及ぼさないように、加賀藩はそれ以前に立山衆徒を同藩寺社奉行の支配下に独自に組み込み、独占的に支配した。そうすることによって、立山領域を霊場として立山衆徒に管理させることができた。

その後、正徳元年（一七一一）、藩公事場奉行所の判決で、立山の宗教的権利のうち山の管理権[13]を岩峅寺に、各地での勧進・布教権を芦峅寺に分与した[14]。このように加賀藩は両者に権威面・

経済面で対立構造を生じさせ互いに競わせることで、両者が一大勢力になることを避けた。このため、芦峅寺と岩峅寺は宝永六年（一七〇九）から天保四年（一八三三）までの一二四年間、互いの越権行為を巡って度々争論を繰り返した。[15]

文化・文政期には全国的に庶民の寺社・霊山参詣が隆盛し、立山でも参詣者の庶民化と増加にともなって利権が増大したためか、争論はますます激化した。ただし一連の争論に対しては、加賀藩が藩公事場奉行所で裁判を行い、天保四年（一八三三）に最終的な判決を下し、同藩に都合のよい形で服従させた。こうした加賀藩の巧妙な政策で、芦峅寺衆徒は直接的な山の管理権を失い、加賀藩領国内外での廻檀配札活動や地元芦峅寺での布橋灌頂会を経済的な基盤とせざるを得なかった。なお、文政期から天保期の争論に際しては、当時、もと高野山の学侶である龍淵が、立山衆徒の勢力の均等化を図ろうとする加賀藩の意向を背景に、芦峅寺一山の動向を監視するため同地に定住した。芦峅寺は当時、岩峅寺の勧進活動面での越権行為で一山衰退の危機に陥っていた。そのような折、龍淵は芦峅寺に協力し、藩公事場裁判では顧問弁護士的な役割を果たして芦峅寺を勝訴に導いている。その結果、加賀藩の思惑どおり、立山衆徒の勢力の均等化が実現されている。

さて、以上のとおり立山では江戸時代中期以降、芦峅寺一山と岩峅寺一山の争論が激しく、互いにその活動を監視し合い細かく粗探しをするような緊迫した状況であった。そうしたなかで少しでも問題行動を起こせば直ちに加賀藩へ密告され、藩から厳しく罰せられるので、芦峅寺一山と岩峅寺一山の両者とも、偽幽霊のような霊場の品位や評判を下げるような行為はできなかったと考えられる。もちろん、横江や千垣の人々も加賀藩による立山の支配構造上、山中や山上で偽幽霊のような行為をすることは不可能であった。したがって前述の一九の感想はまさに正解であった。

おわりに

以下、本書の結論をまとめておきたい。十返舎一九の合巻『越中楯山幽霊邑讐討』（文化五年〔一八〇八〕）が創作された背景には、版元の蔦屋重三郎を軸とした山東京伝や唐来参和らとの親密な関係があった。一九を重三郎に紹介したのは京伝と考えられ、版元・蔦屋に集う芸術家たちのなかに参和もいた。一九は文化初期に文学界で大流行していた讐討ち物の小説スタイルに、参和から入手した「越中立山幽霊村」の話を巧みに組み込んで『越中楯山幽霊邑讐討』を創作したのである。折しも歌舞伎界で鶴屋南北（四代目）の怪談物が流行りだし有名役者が幽霊を演じ始めた時期であった。一九が『越中楯山幽霊邑讐討』を刊行する二年前の文化三年（一八〇六）に、京伝が越中立山も舞台の一所とする敵討ち物の読本『善知安方忠義伝』を刊行しているが、一九は、内容こそまったく異なる趣向ではあるが、多分に京伝の作品の影響を受けたと考えられる。極論すれば事前に京伝の『善知安方忠義伝』があったからこそ、一九は『越中楯山幽霊邑讐討』の創作を思い立ったのである。

『越中楯山幽霊邑讐討』の内容の特徴を見ていくと、この作品ではあくまでも讐討ちの成就が主題であり、悪者に殺害された者がめでたく成仏する話になっていない。一九は被害者の成仏にはまったく関心を寄せていない。むしろ立山地獄谷を舞台とした讐討ちの決闘場面を、風刺を利かせて面白可笑しく描いている。この小説の内容を、全体をとおして見たとき、一九は幽霊などの怪異現象が現存することは認めている風だが、立山地獄谷については、そこに本当の地獄があり、亡者が実存するなど到底認めていないことがわかる。一九のこうした意識は、彼が文政一一年（一八二八）に刊行した「越中立山参詣紀行　方言修行金草鞋」にも引き継がれており、案外『越中楯山幽霊邑讐討』が契機となって「越中立山参詣紀行　方言修行金草鞋」の創作が行われたのであろう。

立山地獄説話における『越中楯山幽霊邑讐討』の位置づけについて考察すると、同作品は片袖幽霊譚の系譜のなかでとらえることができる。従来の片袖幽霊譚では霊場の現地の人々が亡霊の遺族を欺くことはなかった。しかし一九は、片袖幽霊譚において詐欺の悪質さとバリエーションが徐々に拡大していくなかで、まさに霊場立山の現地で、しかも現地の人々が偽幽霊に扮して信仰登山にやって来た参詣者たちを欺いて利益を貪るといった、霊場としての宗教的権威や信用を著しく貶めるような物語を、彼お得意の洒脱な筆致で小説に仕立てた。そのあり方は行き着くところまでいっており、したがってこの作品は古代から脈々と続く立山地獄説話における「片袖幽霊譚」の最終ランナーといえる。

「立山幽霊村」が実在し得たか否かについては、加賀藩前田家の立山支配のあり方からすると不可能であったことを論証した。したがって一九の「立山は日域最上の霊場なれば、かかることの有べきやうなし」との見解は正しい。

初 出

「十返舎一九著『越中楯山幽霊邑讐討』の研究（その一）」『北陸大学紀要 第四九号』（北陸大学、二〇二〇年）。

「十返舎一九著『越中楯山幽霊邑讐討』の研究（その二）」『北陸大学紀要 第五〇号』（北陸大学、二〇二一年）。

註

（1） 十返舎一九の概要を執筆するにあたっての参考文献は次のとおりである。日暮聖「十返舎一九」『日

本歴史大事典　二』（三八〇頁、小学館、二〇〇〇年）。暉峻康隆「十返舎一九」『日本歴史大辞典　第五巻（新版）』（三三七頁、日本歴史大辞典編集委員会編、河出書房新社、一九八五年）。小池正胤「十返舎一九」『国史大辞典　第六巻』（八九五頁・八九六頁、国史大辞典編集委員会編、吉川弘文館、一九八五年）。園田豊「十返舎一九」『朝日日本歴史人物事典』（朝日新聞社、一九九四年、朝日新聞社編）。

(2) 水野稔「唐来参和」『国史大辞典　第一〇巻』（二三六頁、国史大辞典編集委員会編、吉川弘文館、一九八九年）。

(3) 松木寛『蔦屋重三郎——江戸芸術の演出者——』（講談社〈講談社学術文庫　一五六三〉、二〇〇二年）。

(4) 註(3)前掲書（八九頁～九四頁）。

(5) 註(3)前掲書（八九頁～九四頁）。

(6) 布施茉莉子「『善知安方忠義伝』研究——浮遊し続ける亡霊〈善知安方〉の悲劇——」『日本文學　一〇五巻』（六五頁～七六頁、東京女子大学学術情報リポジトリ、二〇〇九年）。大高洋司「『四天王剿盗異録』と『善知安方忠義伝』」『国文学研究資料館紀要　第三〇号』（一三一頁～一五四頁、国文学研究資料館、二〇〇四年）。

(7) 日本宗教民俗学会第二〇回記念大会シンポジウム「新しい宗教民俗学へ——他界の形成をめぐる議論——」（二〇一〇年六月一二日、大谷大学）における堤邦彦氏のレジメ資料「江戸の「あの世」語り——創造される他界——」。堤邦彦「片袖幽霊譚の展開——唱導から文芸・民談へ——」『江戸の怪異譚——地下水脈の系譜——』（一〇八頁～一三六頁、ぺりかん社、二〇〇四年）。同「冥府は現世にあり地獄観の近世的変容」『絵伝と縁起の近世僧坊文芸——聖なる俗伝——』（二五八頁～二八二頁、森話社、二〇一七年）。

(8) 註(7)前掲書。この他、片袖幽霊譚に関する論文には、三村昌義「片袖幽霊譚の変容——謡曲「善知鳥」から上方落語「片袖」まで——」『芸能の科学　第一八号　芸能論考XI』（一頁～二八頁、東京国立

文化財研究所芸能部編、東京国立文化財研究所、一九九〇年）、徳田和夫「片袖幽霊譚の演変」『絵語りと物語り』（七六頁～七九頁、平凡社、一九九〇年）、太刀川清「怪談の弁惑物――亡者片袖説話の場合――」『学海　第一六号』（一一頁～一八頁、上田女子短期大学国語国文学会、二〇〇〇年）などがある。
(9) 大石千引『野乃舎随筆』所収「偽幽霊」（一冊、文政三年〔一八二〇〕、富山市立図書館所蔵）。
(10) 天明老人尽悟桜『狂歌百物語』（嘉永六年〔一八五三〕、富山大学附属図書館ヘルン文庫所蔵）。
(11) 奥澤真一郎「『狂歌百物語』にみる江戸時代後期の立山観」『富山県［立山博物館］研究紀要　第一八号』（八三頁～九三頁、富山県［立山博物館］、二〇一一年）。同「浮世にみる立山観」『文学にみる立山』（四七頁・四八頁、富山県［立山博物館］、二〇一二年）。同「『狂歌百物語』にみる立山」『文学にみる立山』（五五頁～五七頁）。
(12) 筆者不詳『見聞随筆』所収「立山の幽霊」（写本全九巻〔不分巻二九一丁〕、幕末の写本〔原写本〕、西尾市岩瀬文庫所蔵、請求記号…一三六―五四、寸法二六・一センチメートル×一九・〇センチメートル）。同書は諸国奇談を中心とした雑話を多数収めている。筆者については、その内容から寛政期頃に生まれた江戸在住の人物と推測されている。「立山の幽霊」は第七冊に所収されている。本文に天保一五年（一八四四）の記載が見られ、それ以降に刊行されたと考えられる。
(13) 山の管理権…「立山本寺別当（立山の宗務を代表として取り締まる長官）」の職号の使用権や立山山中の宗教施設の管理権（立山峰本社や室堂など）、入山者から山役銭（入山税）を徴収する権利、禅定登山者や参詣者が持参してきた納経帳に記帳するための納経受付所の設置権などがあった。
(14) 各地での布教権…加賀藩領国内外で廻檀配札活動を行う権利や、同藩領国内で出開帳を行う権利などがあった。
(15) 山に直接関わる権利は、江戸時代の中期まで、芦峅寺と岩峅寺がほぼ同等に持っていた。しかし、岩峅寺が山の管理権を独占しだして両峅寺の間で争論が起こると、加賀藩公事場奉行（最高裁判所）は正徳元年（一七一一）に裁定を下し、以後、立山の山腹にある芦峅寺と里にある岩峅寺の立地条件をまったく考慮せず、立山に最も近く山を知り尽くした芦峅寺には山の管理権を一切与えず、むしろ山から閉め出すように、各地での布教権、つまり加賀藩領国内外での廻檀配札活動を行う権利を与えた。一方、里にある岩峅寺には、前述の山の管理権を与えた。加賀藩は岩峅寺の廻檀配札活動や出開帳については裁判では特に言及しておらず、同寺の宿坊家の何軒かは廻檀配札活動も行っていたが、芦峅寺ほど積極的ではなかった。このように、加賀藩は互いに不都合が生じるように権利を分与したので、その後、当然ながら両峅寺の間で、互いの権利侵犯を巡る争論が繰り返された。

あとがき

筆者が立山信仰を研究し始めたのは、富山県［立山博物館］建設準備室に学芸員として就職した二十七歳の時からだった。その後、石川県金沢市に所在する北陸大学に転職してからも継続しており、今年で三十五年目である。その間、最低でも年に論文一本は必ず執筆・刊行することを心がけて来た。よほど立山信仰と筆者との相性が良かったようで、それへの興味は一度も途切れることがなく、飽きもせず様々な課題に取り組み続けることができた。したがって、自分のなかではアッという間の三十五年間だったと思わなくもない。

ちなみに、国立研究開発法人科学技術振興機構のリサーチマップで自身が執筆した文献数を調べてみると、論文が七十三点、ＭＩＳＣ八十四点、書籍等出版物が共著も含めて二十七点あった。世の中、上を見れば切りがないが、自分ではそこそこ頑張ってきたなと思う。

手掛けてきた立山信仰研究の主な課題を列挙してみると、芦峅寺宿坊衆徒の檀那場と廻檀配札活動、立山の護符、立山曼荼羅、木版立山登山案内図、芦峅寺姥尊、立山の神像・仏像、立山山中と芦峅寺の石仏、芦峅寺の年中行事、布橋灌頂会や立山大権現祭、立山縁起、もと高野山学侶龍淵と立山信仰、木食聖義賢、立山地獄、剱岳と立山信仰、江戸城大奥と立山信仰、飛騨郡代の新見内膳と立山信仰、三禅定、立山講社、東京神道立山講社などがある。

さて、筆者はこれまで立山信仰に関して七冊の単著を上梓してきた。その種類は六冊が論文集で、一冊が新聞の連載記事を大幅に補筆した一般普及書であった。そして今回の八冊目の著書は、十返舎一九の小説の翻刻・翻訳・解説書である。

筆者は以前から自分の勝手な決め事として、北陸大学の定年である六十五歳までに、種類はどうあれ、十冊の単著を上梓しようと思っていた。しかし、残念ながら現在の自分を取り巻く生活環境からすると、可能なような不可能なような何とも微妙な状況である。近頃は大学の仕事と寺院の法務、そして趣味の音楽活動で大いに忙しく、その日一日一日を目一杯生きているといった感じである。

法務については、住職である筆者が通夜・葬儀・回忌法要をおおむね担っている。一方、日常の月忌参りと高齢の母（律子）の世話は、妻（朱美）がおおむね担ってくれているので、なんとか大学と寺院との兼業を成り立たせることができて、大いに感謝している。研究活動にある程度の時間が割けて、こうした著書制作ができるのも、家族の健康と協力があってこそである。

ところで本年は、例年になく落ち着かない年である。その最たることとして、本年元日の夕方に発生した能登半島地震の件があった。この地震によって津波や土砂災害、火災、液状化現象、家屋の倒壊が引き起こされ、交通網も寸断されるなど、奥能登地域を中心に北陸地方の各地で甚大な被害がもたらされた。お亡くなりになられた方々や被災された方々に、心より哀悼の意を表します。

かく言う筆者も実は少なからず被害を蒙った。実家の寺院施設の一部が酷く損壊し、庭の石燈籠も全て倒れてしまった。また、大学の研究室でも多数の本棚が倒れ、書籍や資料など、室内のあらゆる物品が散乱し、机やテーブルも大きく移動していた。したがって、扉を開くこともままならない状況であった。しかし、家族や親類に人的な被害がまったくなかったのは、不幸中の幸いである。研究室は連日通い詰めて一週間ほどで復元し、損壊した寺院施設の修繕もなんとか完了した。

驚きの年始であったが、一方で嬉しいこともあった。三月、ノルウェー領スピッツベルゲン島ロングイェールビーンに在住の娘夫婦に長男が誕生し、筆者にとっては初孫であった。ハーフのとても元気で可愛い赤ちゃんである。今のところ順調に育っており、それこそこれからますます楽しみが増えそうである。したがって、本書の刊行を筆者の立山信仰研究三十五周年記念と、初孫の誕生記念に当てたいと思う。

本書の刊行にあたっては、北陸大学令和六年度学術図書出版補助を受けた。また、執筆に際しての資料提供や写真資料の掲載、論文転載に関しては、次の方々に格別の御高配を賜りました。ここに記して厚くお礼申し上げます（敬称略・五十音順）。
最勝寺、田邊良和、鶴見祐大、富山県［立山博物館］、富山県立図書館、長田和彦、平澤キャロライン、北陸大学、北陸大学図書館、和田昌子。

最後に、出版事業の困難な時期、快く本書出版の機会をお与えいただき、上梓に至るまで格別の御配慮と御便宜を賜りました、株式会社法藏館代表取締役・西村明高氏、統括（編集長兼務）・戸城三千代氏、そして、編集担当者としていろいろ筆者の要望をお聞きいただきました編集部・大山靖子氏に対して、心よりお礼申し上げます。

令和六年十一月三十日

福　江　充

Etchū Tateyama Yūrei-mura Adauchi
by Jippensha Ikku

Tateyama in Etchū province was well known by Heian-era Japanese people as a sacred mountain that contained an actual hell. It was believed that all Japanese who committed sins during their lifetimes would fall into Tateyama's hell, and that Tateyama was a sacred site where the living could meet the dead.

Among the many works published during the second half of the Edo period by the popular and prolific playwright and novelist Jippensha Ikku (1765-1831) are two that took up the theme of Etchū's Tateyama. Ikku published *Etchū Tateyama Yūrei-mura Adauchi* in 1808 and "Etchū Tateyama sankei kikō" in the eighteenth volume of *Shokoku dōchū kane no waraji* in 1828.

The latter work has been transcribed and annotated by a number of scholars, and some have studied it in the context of Tateyama belief; to some extent it has been introduced to the academic world. The former work, however, has not received the same attention in terms of transcription—it has only been quoted by a few scholars—and there has been no introduction or analysis of the work as a whole.

It is thought that Ikku travelled to Echigo, Etchū, and Kaga in 1826, and that he based *Shokoku dōchū kane no waraji* (1828) on that experience. Like one of his most famous works, *Tōkai dōchū hizakurige*, it is comedic. By contrast, *Etchū Tateyama Yūrei-mura Adauchi* of 1808, published twenty years earlier, was composed with then-popular revenge novels in mind, as Ikku himself indicated at the beginning of the volume. In Ikku's novel, a young couple falls in love, the woman gets pregnant out of wedlock, they elope, the man is murdered by a middle-aged male stalker, and the victim appears as a ghost to the woman he loves. Ikku further incorporated an old story

about Tateyama's ghost town. He thereby combined various motifs and genres to create this popular and entertaining novel.

Ikku's two Tateyama-related works can be classified into different genres, but both indicate a shift in perception of Tateyama from a sacred site of intense religious practice during the classical period to a mountain that welcomes tourism and offers entertainment during the Edo-period.

In 1814, six years after the publication of *Etchū Tateyama Yūrei-mura Adauchi*, while under the rulership of Kaga domain's Maeda family, what had long been Tateyama's mountain-meditation route was circumvented. At the same time, the facilities at the Tateyama hot-springs (close to the mountain's caldera and the many mountain peaks in the area) were restored and a direct route was established from the mountains to the hot-springs. It was the start of a thriving hot-springs business. As a result of these developments, priests of the town Ashikuraji in Tateyama's foothills, who until then had hosted pilgrims who climbed the mountain as religious practice, had to adjust to an increase in secular tourists and pleasure hikers. The sudden decrease in pilgrims put Ashikuraji priests into a very difficult practical and economic position. They had to rethink their doctrinal teachings and customs, such as appealing to women who had been excluded from the sacred mountain. Kaga domain's strategies for stimulating the local economy during the latter half of the Edo period threatened the older economy of Tateyama as a sacred site.

Etchū Tateyama Yūrei-mura Adauchi reveals that Ikku witnessed these socio-economic changes and that he was aware of—and poked fun at—Tateyama's traditional sacred character. We also sense from this work that Ikku was prescient about the mountain's future.

In this book I first transcribe and introduce *Etchū Tateyama Yūrei-mura Adauchi*. Then I analyze its contents and contribute to a deeper understanding of this work as a historical source important to research of Tateyama's religious history.

福江　充（ふくえ　みつる）

1963年、富山県生まれ。1989年、大谷大学大学院文学研究科修士課程修了。北陸大学国際コミュニケーション学部教授。文学博士（金沢大学）。第９回日本山岳修験学会賞・第３回日本学術振興会賞・第24回とやま賞を受賞。平成19年度富山県優良職員表彰。平成26年度日本博物館協会顕彰。主な著書に『立山信仰と立山曼荼羅』（岩田書院、1998年）、『近世立山信仰の展開』（岩田書院、2002年）、『立山曼荼羅――絵解きと信仰の世界――』（法藏館、2005年）、『立山信仰と布橋大灌頂法会』（桂書房、2006年）、『江戸城大奥と立山信仰』（法藏館、2011年）、『立山信仰と三禅定』（岩田書院、2017年）、『立山曼荼羅の成立と縁起・登山案内図』（岩田書院、2018年）などがある。日本山岳修験学会理事、日本宗教民俗学会委員、越中史壇会委員、富山民俗の会幹事、日本民俗学会会員。真宗大谷派・善住寺住職。

立山地獄谷のあだ討ち
――十辺舎一九『越中楯山幽霊邑讐討』を読む

二〇二四年一二月三〇日　初版第一刷発行

著　者　福江　充
発行者　西村明高
発行所　株式会社　法藏館
京都市下京区正面通烏丸東入
郵便番号　六〇〇-八一五三
電話　〇七五-三四三-〇〇三〇（編集）
〇七五-三四三-五六五六（営業）

装幀者　佐藤篤司
印刷・製本　中村印刷株式会社

ISBN978-4-8318-6290-7 C1093